Contos de
Inglês de Sousa

Ilustrados por Dave Santana e Maurício Paraguassu

O Encanto do Conto

Copyright © dos textos: Inglês de Sousa
Copyright © 2008 das ilustrações: Dave Santana e Maurício Paraguassu
Copyright © 2008 da edição: Editora DCL – Difusão Cultural do Livro

DIRETORA EDITORIAL: Eliana Maia Lista

EDITORA EXECUTIVA: Otacília de Freitas

EDITOR DE LITERATURA: Vitor Maia

EDITORAS ASSISTENTES: Camile Mendrot
Pétula Lemos

PREPARAÇÃO DE TEXTO: Ana Paula dos Santos

REVISÃO DE PROVAS: Bruna Baudini de Miranda
Flávia Brandão
Janaína Mello
Valentina Nunes

CONCEPÇÃO DA COLEÇÃO: Maria Viana

APRESENTAÇÃO: Amarílis Tupiassu

ELABORAÇÃO DE GLOSSÁRIO E BOXES: Elizabeth Del Nero Luft

ELABORAÇÃO DE APÊNDICE FINAL: Marcus Leite

PESQUISA ICONOGRÁFICA: Mônica de Souza

ILUSTRAÇÕES: Dave Santana
Maurício Paraguassu

CAPA, PROJETO GRÁFICO E DIAGRAMAÇÃO: 13artedesign

ASSESSORIA DE IMPRENSA: Paula Thomaz

SUPERVISÃO GRÁFICA: Roze Pedroso

GERENTE DE VENDAS E DIVULGAÇÃO: Lina Arantes de Freitas

Fonte para estabelecimento do texto desta obra:
Contos Amazônicos – Inglês de Sousa. Edufpa, Belém, 2005.

Dados Internacionais de Catalogação na Publicação (CIP)
(Câmara Brasileira do Livro, SP, Brasil)

Sousa, Inglês de
Contos de Inglês de Sousa / ilustradores Dave
Santana; Maurício Paraguassu. — 1. ed. — São Paulo :
DCL, 2007. — (Coleção O encanto do conto).

ISBN 978-85-368-0314-2

1. Contos brasileiros 2. Sousa, Inglês de, 1853-1918
I. Paraguassu, Maurício. II. Santana, Dave. III. Título.
VI. Série.

07-5967   CDD – 869.93

Índices para catálogo sistemático:

1. Contos : Literatura brasileira 869.93

1ª edição • maio • 2008

Editora DCL – Difusão Cultural do Livro
Tel.: (0xx11) 3932-5222
www.editoradcl.com.br

Contos de
Inglês de Sousa

SUMÁRIO

INGLÊS DE SOUSA, E SUA AMAZÔNIA DE VERDADE _____ 6

A FEITICEIRA _____ 12

AMOR DE MARIA _____ 26

ACAUÃ _____ 40

O GADO DO VALHA-ME-DEUS _____ 52

O BAILE DO JUDEU _____ 62

ESCRITOR AMAZÔNICO _____ 70

Inglês de Sousa, e sua Amazônia de verdade

Inglês de Sousa (1853-1918) nasceu em Óbidos, no Pará, antigo berço dos índios Pauxis, onde se faz mais estreito o maior rio da Terra. É um dos mais amazônicos ficcionistas dentre os que escreveram sobre a grande floresta e seu povo. Suas criações falam com o leitor, como se este passeasse em torno de uma fonte de cujos veios escorre uma Amazônia íntima, mergulhada em muito verde e muita água, observada com calma em sua grandeza e em seus elementos mínimos, com um olhar que tudo vê e transforma em poesia. Assim, as passagens mais tristes e as mais alegres desse espaço alimentam a escrita detalhista do escritor, que, pela minúcia, pela verdade das situações, pela análise do caráter das personagens, encaminha sua obra aos princípios do realismo-naturalismo, sem, no entanto, desapegar-se do gosto literário de estilo romântico. Mas as suas narrativas, longas (romances) e curtas (contos), provocam intrigante interrogação: à custa de que meios o escritor, tendo deixado em definitivo a Amazônia por volta dos treze anos, revela em seus livros uma capacidade criadora tão rica em impressões e informações vívidas tomadas como assunto das histórias que escreve? De fato, no grande texto inglesiano, tudo lembra um meio físico concreto, marcado pela geografia amazônica real, pelo verde-aquático desse espaço intrincado, onde o "caboco" (assim se diz essa palavra na Amazônia), ou o tapuia (no linguajar que discrimina), isto é, aquele que descende do índio, esse homem dobrado aos erros sociais resultantes de um poder político organizado – que não resolve os problemas e, no final do século XIX, ainda é igual ao poder dos colonizadores dos séculos iniciais de dominação européia – segue uma difícil trajetória de pobreza, perdas e ganhos. Inglês de Sousa, apesar de arrancado tão cedo da Amazônia de sua infância, apega-se a esse mundo com profundo senso de verdade, próprio de quem vive em contínua permanência por aquelas paragens amazônicas de localização indefinida muitas vezes. É a partir desse olhar de conhecedor, de pessoa que sempre esteve ali, que o texto se faz literatura de qualidade, embora atraia também o leitor pela feição de documento, de escrita histórica de sua obra. E desta forma os contos fisgam o leitor que, ao deliciar-se com a leitura, com a palavra que desenha os horizontes e a paisagem, analisa os tipos, compreende as risonhas trilhas desses nortes, bem como as terríveis forças sociais que mais destroem que constroem a vida das populações ribeirinhas enfocadas nessa ficção cujo objetivo é encantar, mas também transformar, melhorar a condição de existência.

Neste livro, passa pelos cinco contos, agora reeditados pela Editora DCL (*A feiticeira*, *Amor de Maria*, *Acauã*, *O gado do Valha-me Deus* e *O baile do Judeu*), como que o grito de Inglês de Sousa que denuncia o abandono e a miséria do homem que vagueia pela imensidão da Amazônia. Vem à cena, centralmente e em parcelas muito claras, um significado mítico-lendário que foge ao comando de racionalidade exigido pelo realismo-naturalismo – escola literária do final do século XIX que pedia a verdade, o real, retratados na ficção. É que o autor carrega também para a sua literatura uma verdade, sim, mas uma verdade inexplicável, em vista de que se desequilibram as certezas das personagens. Ao lado desse poder fantástico, ocorre o maravilhoso (intromissão do sobrenatural na realidade) quando o inexplicável inquieta e confunde, sendo depois aceito como ocorrência natural e inquestionável, passando a fazer parte da realidade vivida.

Os contos são produções de cuidadosa construção artística e evidenciam a maneira exemplar como o autor se qualifica na condição de admirável contista. Empregando uma linguagem solta, clara, atrativa, os contos fascinam, enquanto apresentam aos brasileiros de todos os cantos as mazelas de uma Amazônia mais comentada de raspão que compreendida de fato, a do século XIX, que se confunde com a Amazônia deste século XXI, sobretudo quanto aos malfeitos, à integridade, à sobrevivência desse universo já tão destruído.

No primeiro conto, *A feiticeira*, as duas personagens centrais, Maria Mucuim e tenente Antônio de Sousa, encenam o confronto entre racional e irracional, indicado desde o título. E projeta-se no texto um duelo de vida ou morte. O tenente enfrenta os comentados poderes da mulher, os quais a demonizariam, e a desafia, empurrado por suas descrenças ou certezas racionais. É fácil ver que ela, descendente direta do pajé das tribos indígenas e memória das curas dos índios, é apenas aquela que ainda sabe manipular a sabedoria medicinal daqueles antigos senhores da floresta. Por viver em solidão, numa das curvas do labirinto de curvas de um rio amazônico, Maria Mucuim causa medo e horror e é considerada malvada. Contra ela se abate a racionalidade de Antônio de Sousa.

O segundo conto, *Amor de Maria*, desfaz crendices correntes entre os ribeiros das infindas margens dos rios amazônicos. Diz-se que alguns vegetais – como uma espécie de tajá, bela e misteriosa planta dos trópicos – têm poderes sobrenaturais, tais como o de causar eterna paixão amorosa. Tomado esse tema, o conto defende o homem racional, o racionalismo a que se agarra o narrador para recusar as superstições entre, principalmente, os amazônidas das matas.

Em *Acauã*, a palavra que dá título ao conto expressa a presença do mal, do ruim (o canto agourento dessa ave), nota que marca a história desencadeada por um pai que, sem se dar conta da ação do desconhecido (a força maligna do pássaro acauã), aceita e adota uma filha da mítica cobra-grande, mais estranha no relato porque associada aos poderes destruidores da ave-título do texto. Ao adotar a desconhecida recém-nascida, o pai a nomeia Vitória. Este nome, embora não percebido pela personagem do pai, logo vale como sinal do fim da história, em que a potência do mal desconhecido destrói tudo. Vitória é agasalhada no quarto de Aninha, a filha legítima, também recém-nascida e órfã de mãe. Por quatorze anos os destinos se fecham, para terminar em um clímax em que se impõe o maravilhoso amazônico sobre as dúvidas, as hesitações próprias à escrita fantástica, que diz sem dizer claramente, a partir de palavras e expressões como "parece", "deve ser", "tem-se a impressão", "supunha", "era como se", "isto", "aquilo" etc., indicadoras de que alguma coisa anormal acontece sem que se saiba. Depois, a certeza do sobrenatural, vista como impossível de ser paralisada, tem vez no texto, de acordo com o real-maravilhoso, comum aos habitantes dos interiores da Floresta Amazônica.

O gado do Valha-me-Deus dir-se-ia um belo exemplo de escrita construída na oralidade pura, espontânea, como se tivessem existido mesmo no passado de Inglês de Sousa as modernas técnicas de gravação. O conto desenrola-se puxado pela voz de um vaqueiro que, ao relatar sem descrença o evento sobrenatural, abre uma rede contínua do maravilhoso. Como numa conversa longa, a fala do narrador se movimenta cada vez mais viva, conforme se intrinca o acontecimento maravilhoso, o sobrenatural em busca de reafirmação. O conto mostra o tanto de verdade amazônica armazenada pelo autor que magnetiza, que encanta também com sua descrição detalhada, cheia de vivacidade, exemplo da capacidade de ir às profundezas da floresta e de lá vir à tona com a matéria inexplicável apresentada ao leitor no frenético ritmo de uma fala incomum.

O último conto, *O baile do Judeu*, exemplifica o primor narrativo que se desenvolve quando Inglês de Sousa se apodera das traquinagens do boto, uma das mais vivas e comentadas figuras dos mitos amazônicos. O conto é tenso em seu ritmo rapidíssimo, vertiginoso. Sustenta-se num jogo perigoso em cujo centro se introduz um boto, sempre sedutor e namorador, que se vale da dança como arma para arrebatar, e talvez punir, uma alegre esposa, também dançarina, e seqüestrá-la aos mistérios do fundo dos rios amazônicos, local que na fala do "caboco" da Amazônia é simplesmente o fundo. O maravilhoso, logo, move os passos do relato. Ninguém esboça dúvida acerca do que ocorre. Todos acreditam que o boto está ali para encantar e roubar mulheres. Isso, muito mais, entre a população ribeirinha de toda a Amazônia, porque é onde existe, e ponto final, em cada curva de rio, um boto, todo ele em vestes brancas, charmoso, chapéu a encobrir o furo de sua respiração no alto da cabeça, a mítica criatura louca por seduzir e engravidar as moças mais lindas que encontra pelas beiras dos rios. Inglês de Sousa, no conto, retoma essa crença e oferece-a ao leitor em uma de suas mais bem construídas narrativas.

Agora este livro é seu, leitor. Deixe-se fascinar por mais um boto galã e dançarino, um boto namorador. E pelas peculiaridades dos demais contos, jóias literárias extraídas de uma antiga Amazônia, tão presente na Amazônia atual, presenteadas agora a você, com o prazer da leitura.

AMARÍLIS TUPIASSU é paraense, licenciada em Letras pela UFPA, mestre em Literatura Portuguesa e doutora em Letras pela Universidade Federal do Rio de Janeiro. É professora aposentada da Universidade Federal do Pará, mantendo-se ligada a essa instituição através de seu Programa de Pós-graduação, como orientadora de teses. Professora Titular da Universidade da Amazônia (Unama), onde ministra aulas sobre Literatura Portuguesa. Ao longo de sua carreira acadêmica, vem se dedicando ao estudo do texto poético, com concentração nos escritores portugueses e brasileiros.

A FEITICEIRA

Chegou a vez do velho Estêvão, que falou assim:

– O tenente Antônio de Souza era um desses moços que se gabam de não crer em nada, que zombam das coisas mais sérias e riem dos santos e dos milagres. Costumava dizer que isso de almas do outro mundo era uma grande mentira, que só os tolos temem a lobisomem e feiticeiras. Jurava ser capaz de dormir uma noite inteira dentro do cemitério e até de passear às dez horas pela frente da casa do judeu, em sexta-feira maior.

Eu não lhe podia ouvir tais leviandades[1] em coisas medonhas e graves sem que o meu coração se apertasse, e um calafrio me corresse a espinha. Quando a gente se habitua a venerar os decretos da Providência, sob qualquer forma que se manifestem, quando a gente chega à idade avançada em que a lição da experiência demonstra a verdade do que os avós viram e contaram, custa a ouvir com paciência os sarcasmos com que os moços tentam ridicularizar as mais respeitáveis tradições, levados por uma vaidade tola, pelo desejo de parecerem *espíritos fortes*, como dizia o Dr. Rebelo. Peço sempre a Deus que me livre de semelhante tentação. Acredito no que vejo e no que me contam pessoas fidedignas[2], por mais extraordinário que pareça. Sei que o poder do Criador é infinito e a arte do inimigo vária.

Mas o tenente Souza pensava de modo contrário! Apontava à lua com o dedo, deixava-se ficar deitado quando passava um enterro, não se benzia ouvindo o canto da mortalha[3], dormia sem camisa, ria-se do trovão! Alardeava o ardente desejo de encontrar um curupira, um lobisomem ou uma feiticeira. Ficava impassível vendo cair uma estrela

---

leviandades –
LEVIANO[1]: irresponsável, sem seriedade

fidedignas –
FIDEDIGNO[2]: pessoa em quem se pode acreditar

canto da mortalha[3]: canto entoado enquanto o defunto é vestido

e achava graça ao canto agoureiro do acauã, que tantas desgraças ocasiona. Enfim, ao encontrar um agouro⁴, sorria e passava tranqüilamente sem tirar da boca o seu cachimbo de verdadeira espuma do mar.

– Quereis saber uma coisa? Filho meu não freqüentaria esses colégios e academias onde só se aprende o desrespeito da religião. Em Belém, parece que todas as crenças velhas vão por água abaixo. A tal civilização tem acabado com tudo que tínhamos de bom. A mocidade imprudente e leviana afasta-se dos princípios que os pais lhe incutiram no berço, lisonjeando-se duma falsa ciência que nada explica, e a que, mais acertadamente, se chamaria charlatanismo. Os maus livros, os livros novos, cheios de mentiras, são devorados avidamente. As coisas sagradas, os mistérios são cobertos de motejos⁵, e, em uma palavra, a mocidade hoje, como o tenente Souza, proclama alto que não crê no diabo (salvo seja, que lá me escapou a palavra!), nem nos agouros, nem nas feiticeiras, nem nos milagres. É de se levantarem as mãos para os céus, pedindo a Deus que não nos confunda com tais ímpios⁶!

O infeliz Antônio de Souza, transviado⁷ por esses propagadores do mal, foi vítima de sua leviandade ainda não há muito tempo.

Tendo por falta de meios abandonado o estudo da medicina, veio Antônio de Souza para a província em 1871 e conseguiu entrar como oficial do corpo de polícia. No ano seguinte era promovido ao posto de tenente e nomeado Delegado de Óbidos, onde antes nunca tivera vindo.

O seu gênio folgazão, a sua urbanidade e delicadeza para com todos, o seu respeito pela lei e pelo direito do cidadão faziam dele uma autoridade como poucas temos tido. Seria um moço estimável a todos os respeitos, se não fora a desgraçada mania de duvidar de tudo, que adquirira nas rodas de estudantes e de gazeteiros do Rio de Janeiro e do Pará.

*agouro*⁴: sinal, presságio de coisa má
motejos – MOTEJO⁵: zombar, rir de algo
ímpios – ÍMPIO⁶: pessoa sem fé, que não crê
*transviado*⁷: pessoa que se desvia dos padrões éticos e sociais vigentes

Desde que lhe descobri esse lastimável defeito, previ que não acabaria bem. Ides ver como se realizaram as minhas previsões.

Em princípio de fevereiro de 1873, por ocasião do assassinato de João Torres, no Paranamiri de cima, Antônio de Souza para ali partiu, em diligência policial. Realizada a prisão do criminoso, a convite do Ribeiro, que é o maior fazendeiro do Paranamiri, resolveu o tenente-delegado lá passar alguns dias, a fim de conhecer, disse ele, a vida íntima do lavrador da beira do rio.

Não vos descreverei o sítio do tenente Ribeiro, porque ninguém há em Óbidos que o não conheça, principalmente daquela grande demanda que ele venceu contra Miguel Faria, por causa das terras do Uricurizal.

Basta lembrar que todos os cacauais do Paranamiri se comunicam entre si por uma vereda[8] mal determinada, e que é fácil percorrer uma grande extensão do caminho, vindo de sítio em sítio até a costa fronteira à cidade.

Antônio de Souza passava o tempo a visitar os sítios de cacau, conversando com os moradores, de quem ouvia casos extraordinários, ali sucedidos, e zombando das crenças do povo. Como lhe falassem muitas vezes da Maria Mucuim, afamada feiticeira daqueles arredores, mostrava grande curiosidade de a conhecer. Um dia em que caçava papagaios, com Ribeiro, contou o desejo que tinha de ver aquela célebre mulher, cujo nome causa o maior terror em todo o distrito.

O Ribeiro olhou para ele, admirado, e depois de uma pausa disse:

— Como? Não conhece a Maria Mucuim? Pois olhe, ali a tem.

E apontou para uma velha que, a pequena distância deles, apanhava galhos secos.

vereda[8]: caminho estreito

O tenente Souza viu na Maria Mucuim uma velhinha magra, alquebrada[9], com uns olhos pequenos, de olhar sinistro, as maçãs do rosto muito salientes, a boca negra, que, quando se abria num sorriso horroroso, deixava ver um dente, um só, comprido e escuro! A cara cor de cobre, os cabelos amarelados presos ao alto da cabeça por um trepa-moleque[10] de tartaruga, tinham um aspecto medonho que não consigo descrever. A feiticeira trazia ao pescoço um cordão sujo, de onde pendiam numerosos bentinhos, falsos, já se vê, com que procurava enganar ao próximo, para ocultar a sua verdadeira natureza.

Quem não reconhece à primeira vista essas criaturas malditas que fazem pacto com o inimigo e vivem de suas sortes más, permitidas por Deus para castigo dos nossos pecados?

A Maria Mucuim, segundo dizem más línguas (que eu nada afirmo nem quero afirmar, pois só desejo dizer a verdade para o bem-estar da minha alma), fora outrora caseira do defunto padre João, vigário de Óbidos. Depois que o reverendo foi dar contas a Deus do que fizera cá no mundo (e severas deviam ser, segundo se dizia), a tapuia[11] retirou-se para o Paranamiri, onde, em vez de cogitar[12] em purgar[13] os seus grandes pecados, começou a exercer o hediondo[14] ofício que sabeis, naturalmente pela certeza de já estar condenada em vida.

Quem nada pode esperar do céu pede auxílio às profundas do inferno. E se isto digo, não por leviandade o menciono. Pessoas respeitáveis afirmaram-me ter visto a tapuia transformada em pata, quando é indubitável que a Mucuim jamais criou aves dessa espécie.

Mas o Antônio de Souza é que não acreditava nessas toleimas[15]. Por isso atreveu-se a caçoar da feiticeira:

– Então, tia velha, é certo que você tem pacto com o diabo?

alquebrada – ALQUEBRADO[9]: fraco, abatido

trepa-moleque[10]: pente, que podia ser grande e servia para prender os cabelos

tapuia – TAPUIO[11]: mestiço de índio

cogitar[12]: refletir acerca de, pensar sobre

purgar[13]: redimir-se, limpar-se de seus pecados

hediondo[14]: sinistro, medonho

toleimas – TOLEIMA[15]: tolice, histórias inventadas pelo povo

(Lá me escapou a palavra maldita, mas foi para referir o caso tal como se passou. Deus me perdoe).

A tapuia não respondeu, mas pôs-se a olhar para ele com aqueles olhos sem luz, que intimidam aos mais corajosos pescadores da beira do rio.

O rapaz insistiu, admirando o silêncio da velha.

– É certo que você é feiticeira?

O demônio da mulher continuou calada e, levantando um feixe de lenha, pôs-se a caminhar com passos trôpegos.

O Souza impacientou-se:

– Falas ou não falas, mulher do...?

Como moço de agora, o tenente gastava muito o nome do inimigo do gênero humano.

Os lábios da velha arregaçaram-se, deixando ver o único dente. Ela lançou ao rapaz um olhar longo, longo que parecia querer traspassar-lhe o coração. Olhar diabólico, olhar terrível, de que Nossa Senhora nos defenda, a mim e a todos os bons cristãos.

O riso murchou na boca de Antônio de Souza. A gargalhada próxima a arrebentar ficou-lhe presa na garganta, e ele sentiu o sangue gelar-se-lhe nas veias. O seu olhar sarcástico e curioso submeteu-se à influência dos olhos da feiticeira. Quiçá[16] pela primeira vez na vida soubesse então o que era medo.

Mas não se mostrou vencido, que de rija têmpera de incredulidade era ele. Começou a dirigir motejos de toda espécie à velha, que se retirava lentamente, curvada e trôpega, parando de vez em quando e voltando para o moço o olhar amortecido. Este, conseguindo afinal soltar o riso, dava gargalhadas nervosas que assustavam aos japiins[17] e afugentavam as rolas[18] das moitas do cacaual. Louca e imprudente mocidade!

Quando a Maria Mucuim desapareceu por detrás dos cacaueiros, o Ribeiro tomou o braço do hóspede, e obrigou-o a

quiçá[16]: talvez, possivelmente

japiins – JAPIM[17]: ave de nome de origem tupi. Penas negras, cauda amarela e bico claro. Algumas espécies são conhecidas pelo canto variado e por sua capacidade de imitar outros animais

rolas – ROLA[18]: nome dado a várias espécies de aves, e seu nome é uma onomatopéia de seu canto

voltar para casa. No caminho ainda deram alguns tiros, mas de caça nem sinal, pois se em algum animal acertou o chumbo foi num dos melhores cães do Ribeiro, que ficou muito penalizado e viu logo que aquilo era agouro. O Ribeiro, apesar das ladroeiras que todos lhe atribuem, é homem crente e de bastante siso.

Quando chegaram à casa de vivenda, seriam seis horas da tarde. Ribeiro exprobou[19] com brandura ao amigo o que fizera à feiticeira, mas o desgraçado rapaz riu-se, dizendo que iria no dia seguinte visitar a tapuia. Debalde o dono do sítio tentou dissuadi-lo de tão louco projeto, não o conseguiu.

Era de mais a mais esse dia uma sexta-feira.

Antônio de Souza, depois de ter passado toda a manhã muito agitado, armou-se de um terçado americano e abalou para o cacaual.

A tarde estava feia. Nuvens cor de chumbo cobriam quase todo o céu. Um vento muito forte soprava do lado de cima, e o rio corria com velocidade, arrastando velhos troncos de cedro e periantãs[20] enormes onde as jaçanãs soltavam pios de aflição. As aningas[21] esguias curvavam-se sobre as ribanceiras. Os galhos secos estalavam e uma multidão de folhas despegava-se das árvores para voar ao sabor do vento. Os carneiros aproximavam-se do abrigo, o gado mugia no curral, bandos de periquitos e de papagaios cruzavam-se nos ares em grande algazarra. De vez em quando, dentre os trê-mulos aningas saía a voz solene do unicórnio[22]. Procurando aninhar-se, as fétidas ciganas aumentavam com o grasnar corvino[23] a grande agitação do rio, do campo e da floresta. Adiantavam os sapos dos atoleiros e as rãs dos capinzais o seu concerto[24] noturno, alternando o canto desenxabido.

Tudo isso viu e ouviu o tenente Souza do meio do terreiro, logo que transpôs a soleira da porta, mas convencerá a um espírito forte a precisão dos agouros que nos fornece a maternal e franca natureza?

exprobou – EXPROBAR[19]: repreender, chamar a atenção
periantãs – PERIANTÃ[20]: nome derivado da língua tupi para representar junco duro
aningas – ANINGA[21]: derivada do tupi, indica as várias espécies de árvores, as aningas, de fibra resistente e bastante aproveitada na Amazônia
unicórnio[22]: animal mitológico, semelhante a um cavalo, de um chifre só
grasnar corvino[23]: som desagradável do canto dos corvos
concerto[24]: harmonia sonora e musical provocada pelos animais

Antônio de Souza internou-se resolutamente no cacaual. Passou sem parar nos sítios que lhe ficavam no caminho, e os cães de guarda, saindo-lhe ao encontro, não o conseguiram arrancar à profunda meditação em que caíra.

Eram seis horas quando chegou à casa da Maria Mucuim, situada entre terras incultas nos confins dos cacauais da margem esquerda. É, segundo dizem, um sítio horrendo e bem próprio de quem o habita.

Numa palhoça miserável, na narrativa de pessoas dignas de toda a consideração, se passavam as cenas estranhas que firmaram a reputação da antiga caseira do vigário. Já houve quem visse, ao clarão de um grande incêndio, que iluminava a tapera, a Maria Mucuim dançando sobre a cumieira danças diabólicas, abraçada a um bode negro, coberto com um chapéu de três bicos, tal qual como ultimamente usava o defunto padre. Alguém, ao passar por ali a desoras[25], ouviu o triste piar do murucututu, ao passo que o sufocava um forte cheiro a enxofre. Alguns homens respeitáveis que por acaso se acharam nos arredores da habitação maldita, depois de noite fechada, sentiram tremer a terra sob os seus pés e ouviram a feiticeira berrar como uma cabra.

A casa, pequena e negra, compõe-se de duas peças separadas por uma meia parede, servindo de porta interior uma abertura redonda, tapada com um tupé[26] velho. A porta exterior é de japá, o teto de pindoba, gasta pelo tempo, os esteios e caibros estão cheios de casas de cupim e de cabas.

Souza encontrou a velha sentada à soleira da porta, com queixo metido nas mãos, os cotovelos apoiados nas coxas, com o olhar fito num bem-te-vi que cantava numa embaubeira. Sob a influência do olhar da velha, o passarinho começou a agitar-se e a dar gritinhos aflitivos. A feiticeira não parecia dar pela presença do moço que lhe bateu familiarmente no ombro:

desoras[25]: tarde da noite
tupé[26]: palavra de origem tupi, designa esteira grande, feita de fibra de purumã

– Sou eu, disse. Lembra-se de ontem?

A velha não respondeu. Antônio de Souza continuou depois de pequena pausa:

– Venho disposto a tirar a limpo as suas feitiçarias. Quero saber como foi que conseguiu enganar a toda esta vizinhança. Hei de conhecer os meios de que se serve.

Maria Mucuim abaixou a cabeça, como para esconder um sorriso, e, com voz trêmula e arrastada, respondeu:

– Ora me deixe, branco. Vá-se embora, que é melhor.

– Não saio daqui sem ver o que tem em casa.

E o atrevido moço preparava-se para entrar na palhoça, quando a velha erguendo-se de um jato impediu-lhe a passagem. Aquele corpo, curvado de ordinário, ficou direito e hirto. Os pequenos olhos, outrora amortecidos, lançavam raios. Mas a voz continuou lenta e arrastada:

– Não entre, branco, vá-se embora.

Surpreso, o tenente Souza estacou, mas logo, recuperando a calma, riu-se e penetrou na cabana. A feiticeira seguiu-o. Como nada visse o rapaz que lhe atraísse a atenção no primeiro compartimento, avançou para o segundo, separado daquele pela abertura redonda, tapada com um tupé velho. Mas aí a resistência que a tapuia ofereceu à sua ousadia foi muito mais séria. Colocou-se de pé, crescida e tesa, à abertura da parede, e abriu os braços, para impedir-lhe com o corpo a indiscreta visita. Esgotados os meios brandos, Antônio de Souza perdeu a cabeça, e, exasperado pelo sorriso horrendo da velha, pegou-a por um braço, e, usando toda a força do seu corpo robusto, arrancou-a dali e atirou-a ao meio da sala de entrada. A feiticeira foi bater com a fronte no chão, soltando gemidos lúgubres.

Antônio arrancou a esteira que fechava a porta e penetrou no aposento, seguido da velha, de rastos, pronunciando palavras, dente negro num riso convulso e asqueroso.

Era um quarto singular o quarto de dormir de Maria Mucuim. Ao fundo, uma rede rota e suja; a um canto, um montão de ossos humanos; pousada nos punhos da rede, uma coruja, branca como algodão, parecia dormir; e ao pé dela, um gato preto descansava numa cama de palhas de milho. Sobre um banco rústico, estavam várias panelas de forma estranha, e das traves do teto pendiam cumbucas rachadas, donde escorria um líquido vermelho parecendo sangue. Um enorme urubu, preso por uma embira ao esteio central do quarto, tentava picar a um grande bode, preto e barbado, que passeava solto, como se fora o dono da casa.

A entrada de Antônio de Souza causou um movimento geral. O murucututu entreabriu os olhos, bateu as asas e soltou um pio lúgubre. O gato pulou para a rede, o bode recuou até ao fundo do quarto e arremeteu contra o visitante. Antônio, surpreendido pelo ataque, mal teve tempo de desviar o corpo, e foi logo encostar-se à parede, pondo-se em defesa com o terçado que trouxera.

Foi então que, animada por gestos misteriosos da velha, a bicharia toda avançou com uma fúria incrível. O gato correndo em roda do rapaz procurava morder, fugindo sempre ao terçado. O urubu, solto como por encanto da corda que o prendia, esvoaçava-lhe em torno da cabeça, querendo picar-lhe os olhos. Parecia-lhe que se moviam os ossos humanos, amontoados a um canto, e que das cumbucas corria sangue vivo. Antônio começou a arrepender-se da imprudência que cometera. Mas era um valente moço, e o perigo lhe redobrava a coragem. Num lance certeiro, conseguiu ferir o bode no co-ração, ao mesmo tempo em que dos lábios lhe saía inconscien-temente uma invocação religiosa.

– Jesus, Maria!

O diabólico animal deu um berro formidável e foi recuando cair sem vida sobre um monte de ossos; ao mesmo tempo o gato estorceu-se em convulsões terríveis, e o urubu e a coruja fugiram pela porta aberta.

A Mucuim, vendo o efeito daquelas palavras mágicas, soltou urros de fera e atirou-se contra o tenente, procurando arrancar-lhe os olhos com as aguçadas unhas. O moço agarrou-a pelos raros e amarelados cabelos e lançou-a contra o esteio central. Depois fugiu, sim, fugiu espavorido, aterrado. Ao transpor o limiar, um grito o obrigou a voltar a cabeça. A Maria Mucuim, deitada com os peitos no chão e a cabeça erguida, cavava a terra com as unhas, arregaçava os lábios roxos e delgados, e fitava no rapaz aquele olhar sem luz, aquele olhar que parecia querer traspassar-lhe o coração.

O tenente Souza, como se tivesse atrás de si o inferno todo, pôs-se a correr pelos cacauais. Chovia a cântaros. Os medonhos trovões do Amazonas atroavam os ares; de minuto em minuto relâmpagos rasgavam o céu. O rapaz corria. Os galhos úmidos das árvores batiam-lhe no rosto. Os seus pés enterravam-se nas folhas molhadas que tapetavam o solo. De quando em quando, ouvia o ruído da queda das árvores feridas pelo raio ou derrubadas pelo vento, e cada vez mais perto o uivo de uma onça faminta. A noite era escura. Só o guiava a luz intermitente dos relâmpagos. Ora batia com a cabeça em algum tronco de árvore, ora os cipós amarravam-lhe as pernas, impedindo-lhe os passos.

Mas ele ia prosseguindo sem olhar para trás, porque temia encontrar o olhar da feiticeira, e estava certo de que o seguia uma legião de seres misteriosos e horrendos.

Quando chegou ao sítio do Ribeiro, molhado, roto, sem chapéu e sem sapatos, todos dormiam na casa. Foi direto à porta do seu quarto, que dava para a varanda, empurrou-a, entrou, e atirou-se ao fundo da rede, sem ânimo de mudar de roupa. O desgraçado ardia em febre. Esteve muito tempo de olhos abertos, mas em tal prostração que nem pensava, nem se movia.

De repente, ouviu um leve ruído por baixo da rede e despertou da espécie de letargo[27] em que caíra. Pôs um pé fora, procurando o chão, mas sentiu uma umidade. Olhou e viu que o quarto estava alagado. Levantou-se apressado. A água vinha enchendo o quarto, forçando a porta. Assustado, correu para fora.

Um grito chegou-lhe aos ouvidos:

– A cheia!

Um espetáculo assombroso ofereceu-se-lhe à vista. O Paranamiri transbordava. O sítio do Ribeiro estava completamente inundado, e a casa começava a sê-lo. Os cacauais, os aningais, as laranjeiras iam pouco a pouco mergulhando. Bois, carneiros e cavalos boiavam ao acaso, e a cheia crescia sempre. A água não tardou em dar-lhe pelos peitos. O delegado quis correr, mas foi obrigado a nadar. A casa inundada parecia deserta, só se ouviam o ruído das águas e, ao longe, aquela voz:

– A cheia!

Onde estariam o tenente Ribeiro e a família? Mortos? Teriam fugido, abandonando o hóspede à sua infeliz sorte? Onde salvar-se, se as águas cresciam sempre, e o delegado já começava a sentir-se cansado de nadar? Nadava, nadava. As forças começavam a abandoná-lo, os braços recusavam-se ao serviço, cãimbras agudas lhe invadiam os pés e as pernas. Onde e como salvar-se?

De súbito viu aproximar-se uma luzinha e logo uma canoa, dentro da qual lhe pareceu estar o tenente Ribeiro. Pelo menos era dele a voz que o chamava.

– Socorro! gritou desesperado o Antônio de Souza, e, juntando as forças num violento esforço, nadou para a montaria, salvação única que lhe restava, no doloroso transe.

Mas não era o tenente Ribeiro o tripulante da canoa. Acocorada à proa da montaria, a Maria Mucuim fitava-o com

letargo – LETARGIA[27]: estado de insensibilidade, absolutamente imóvel

24

os olhos amortecidos, e aquele olhar sem luz, que lhe queria traspassar o coração...

Uma gargalhada nervosa do Dr. Silveira interrompeu o velho Estêvão neste ponto da sua narrativa.

Amor de Maria

Procurador, cruzando os braços, cravou os olhinhos verdes no carão do velho Estêvão. Depois, com um sorriso entre sardônico e triste, começou:

Ainda me lembra a Mariquinha, como se a estivesse vendo. Tão profunda foi a impressão deixada no meu espírito pela desgraça de que foi autora e vítima ao mesmo tempo a afilhada do tenente-coronel Álvaro Bento, a mais gentil rapariga de Vila-Bela! Era uma donzela de dezoito anos, alta e robusta, de tez morena, de olhos negros, negros, meu Deus! De cabelos azulados como asas de anum[1]! Era impossível ver aquele narizinho bem-feito, aquela mimosa boca, úmida e rubrá, parecendo feita de polpa de melancia, as mãozinhas de princesa e os pés da Borralheira[2], impossível ver aquelas perfeições todas sem ficar de queixo no chão, encantado e seduzido!

Quem nunca viu a afilhada do Álvaro Bento (à boca pequena, se dizia ser sua filha natural) não pode ajuizar das graças daquela moça, que transtornava a cabeça a todos os rapazes da vila, obrigava os velhos a tolices inqualificáveis e deixava no coração dos que passavam por Vila-Bela uma lembrança terna, um doce sentimento, um desejo vago. Quando nas contradanças a moça embalava brandamente os quadris de mulher feita e os seios túrgidos tremiam-lhe na valsa, um murmúrio lisonjeiro enchia a casa, era como um encanto mágico que percorria os ares prendendo com invisível cadeia os corações masculinos aos passinhos miúdos da feiticeira. Feiticeira, sim, e não como a do Paranamiri, abjeção do sexo, do poder fantástico e, com licença, compadre Estêvão,

Anum[1]: palavra de origem tupi, nomeia uma espécie de pássaro. O anum-preto possui as penas negras, com brilho que reflete a cor violeta

Borralheira[2]: alusão à personagem Gata Borralheira, em que uma moça, limpadora das cinzas, o borralho, casa-se com o príncipe por conta de seus delicados pés

inadmissível ante a boa razão e a lógica natural: mas com um poder real, um elixir perigoso que tonteava e ensandecia, transformando a gente em coisa sem vontade, pela demasiada vontade que dava! Pena é que a Mariquinha não se julgasse bem armada com o feitiço de seus inolvidáveis[3] encantos e se valesse de crendices tolas e de meios aconselhados pela ignorância, de mãos dadas com a superstição.

Vila-Bela é antes uma povoação que uma vila. Três pequenas ruas, em que as casas se distanciam dez, vinte e mais braças[4] umas das outras, se estendem, frente para o rio, sobre uma pequena colina, formando todo o povoado. No meio da rua principal, a capelinha que serve de matriz ocupa o centro de uma praça, coberta de matapasto, onde vagam vacas de leite e bois de carro. Quando eu lá morava, as famílias da vila entretinham as melhores relações, e não acontecia o que agora se dá em quase todas as nossas povoações, onde os habitantes são inimigos uns dos outros. A maldita política dividiu a população, azedou os ânimos, avivou a intriga e tornou insuportável a vida nos lugarejos da beira do rio.

Depois que o povo começou a tomar a sério esse negócio de partidos, que os doutores do Pará e do Rio de Janeiro inventaram como meio de vida, numa aldeola de trinta casas as famílias odeiam-se e descompõem-se, os homens mais sérios tornam-se patifes refinados, e tudo vai que é de tirar a coragem e dar vontade de abalar destes ótimos climas, destas grandiosas regiões paraenses, ao pé das quais os outros países são como miniaturas mesquinhas. Sem conhecerem a força dos vocábulos, o fazendeiro Morais é liberal e o capitão Jacinto é conservador. Por mim, entendo que era melhor sermos todos amigos, tratarmos do nosso cacau e da nossa seringa, que isso de política não leva ninguém adiante e só serve para desgostos e consumições. Que nos importa que seja deputado o cônego Siqueira ou o doutor Danim? O principal é que as enchentes

Inolvidáveis –
INOLVIDÁVEL[3]:
inesquecível, sempre lembrado
Braças – BRAÇA[4]:
unidade de medida de comprimento equivalente a dez palmos

não sejam grandes e que o gado não morra de peste. O mais é querer fazer da pobre gente burro de carga, vítima de imposturas[5]! Mas deixemos isto que é alheio à história da Mariquinha, e que só veio a pêlo para salientar a diferença dos tempos, pois que, em Vila-Bela, reinava outrora a melhor harmonia entre os habitantes e a maior cordialidade nas relações familiares.

Mariquinha quase nunca estava o dia inteiro na casa do padrinho. Choviam convites para passar o dia em casas amigas, e um dos maiores trabalhos da moça era distribuir o tempo de modo a não criar descontentamentos. Tão agradável era a sua companhia, que as próprias companheiras bebiam os ares pela afilhada do tenente-coronel!

Desde que chegara aos quatorze anos, começara a moça a ser pedida em casamento e aos dezoito recusara nove ou dez pretendentes, coisa admirável numa terra de poucos rapazes solteiros. Entre os namorados sem ventura, posso apontar o tenente Braz, o capitão Viriato e o doutor Filgueiras, que nem por isso era o menos caído. Se a interrogavam sobre a razão de um procedimento pouco comum às moças pobres, a Mariquinha tinha um sorriso adorável dizendo:

— Ora, não tenho pressa.

Assim, plácida e feliz, corria aquela existência. Querida e festejada de todos, era a princesa do Parintins, o beijinho das moças, a adoração dos rapazes, a loucura dos velhos, a benevolência das mães de família. O único defeito que lhe imputavam as amigas era a faceirice. E tinha na verdade esse pecado, se pecado é em moça bonita, pois que eu, com esses cabelos de sal e pimenta, morro pelas raparigas faceiras.

Em dezembro de 1866, veio o filho do capitão Amâncio de Miranda passar o Natal com o pai em Vila-Bela. Lourenço, assim se chamava o rapaz, fora em pequeno estudar ao Maranhão, e de lá voltando empregara-se na alfândega do

Imposturas –
IMPOSTURA[5]: fingimento, mentira

Pará. Pela primeira vez voltava a Parintins, depois que de lá saíra. Oxalá não tivesse voltado nunca!

O filho do capitão Amâncio era um rapaz alto e louro, bem apessoado. Imaginem se devia ou não agradar às moças de um lugarejo em que toda a gente é morena e baixa. Acrescia que Lourenço tinha uns modos que só se encontram nas cidades adiantadas, vestia à última moda e com apuro, falava bem e era desembaraçado. Quando olhava para algum dos rapazes da vila, através de sua luneta de cristal e ouro, o pobre matuto[6] ficava ardendo em febre. Demais, chegara do Pará, sabia as novidades, criticava com muita graça os defeitos das moças. E montava cavalo com uma elegância nunca vista, e que eu (apesar de já ter estado no Pará, no Maranhão e na Bahia) não podia deixar de admirar.

Foi um acontecimento a chegada do Lourenço de Miranda. O capitão Amâncio, todo orgulhoso, apresentou-o logo à metade da população. Toda a gente era obrigada a fazer-lhe elogios, posto que a muitos não agradassem aqueles modos petulantes, que pareciam dizer: – *Vocês são uns bobos!* Quem se saiu com essa, em primeiro lugar, foi a espirituosa Mariquinha, que o vira pela primeira vez à missa do Natal, mas que, coitada!, logo depois foi castigada pela liberdade com que falara do homem, cuja vida seria ligada ao seu destino.

Quatro dias depois da missa do Natal, a afilhada do Álvaro Bento e o filho do capitão Amâncio encontravam-se de novo, num passeio que deram as duas famílias e mais algumas pessoas gradas[7] ao lago Macuranim. Eram do bando, além da gente do Amâncio e do Bento, o Dr. Filgueiras, o Juiz Municipal, a filha e duas sobrinhas e o padre vigário.

Seriam dez horas da manhã, quando a comitiva atravessou a linda campina que se estende diante do cemitério e internou-se nas matas que cercam a pitoresca Vila-Bela.

Matuto[6]: pessoa que vive no mato ou na roça, caipira

Gradas – GRADA[7]: pessoa importante, notável

O caminho para o Macuranim é uma estreita vereda, toda por baixo de árvores. Os araçazeiros, os maracujás, as goiabeiras, os caramurus, entrelaçando os galhos, formam uma abóbada[8] de verdura. As folhas secas, que lastravam o chão, estalavam sob os pés dos transeuntes, e os bem-te-vis, as titipurunús, os alegres e farsantes japiins encantavam o ouvido com a sua vária melodia. De vez em quando, o leve murmúrio de algum regato, oculto entre moitas de flores silvestres, confundia-se com as diversas vozes da floresta, dominadas pelo assovio agudo do urutaí[9], ao longe, na densidão do mato. À sombra de cajueiros folhudos, matizados de encarnado, chora a juruti solitária, e responde-lhe a gargalhada zombeteira da maritacaca. Um perfume forte, um grande cheiro de flores e de frutas punha na alma uma disposição alegre de correr e de brincar pelas campinas, de mastigar folhas verdes, de vagar por entre os troncos cheios de seiva estival[10] de dezembro, de se deixar queimar ao sol matutino, cujo ardor a brisa da floresta refrescava.

As moças entregavam-se francamente à embriaguez no mato. Corriam à caça de maracujás, dourados e cheirosos, de cajus irritantes, de caramurus doces como mel, de goiabas verdoengas, provocadoras, cujos carocinhos rubros avivam-lhe a cor dos lábios. Os homens, perdendo a gravidade, conversavam em voz baixa, salgando a despreocupada palestra com gargalhadas picantes e brejeiras. O vigário ia atrás de todos, afugentando com o lenço os bois que repousavam à beira do caminho.

Lourenço ia à frente do bando, procurando entreter conversa com a afilhada do Bento, que por faceirice lhe escapava, ora para esconder-se atrás de uma moita de flores, ora para trepar com pasmosa agilidade às goiabeiras, entre risadinhas gostosas. A filha do Juiz Municipal dizia de vez em quando entre dentes:

Abóbada[8]: forma arredondada de um teto, atribuída ao monte de verduras
Urutaí[9]: o mesmo que maú, ave típica da região amazônica, cujo canto é semelhante ao berro do bezerro
Estival[10]: relativo ao verão

– Esta Cotinha! Mas que faceirice!

Depois de meia hora de caminho, avistaram o Macuranim cercado de palhoças de pescadores. As aningas da beirada deixam cair no lago as folhas de diversas cores, e em alguns lugares o escondem completamente. As brancas flores da batatarana e outras de variegado colorido bóiam à tona da água aninhando rolas e jaçanãs. A trechos, o peixe-boi bota fora a cabeça escura, buscando o capinzinho da margem, as pescadas e os tucunarés em rápida rabanagem vêm respirar o ar cálido do meio-dia enrugando de leve a superfície calma do Macuranim.

Foi ali, à beira desse tranqüilo e pitoresco lago, formado por águas do Amazonas, que o capitão Amâncio e os amigos passaram aquele formoso dia de fins de dezembro, que tão fatal devia ser à faceira Mariquinha. Os galanteios de Lourenço, as suas maneiras delicadas, a excitação da vaidade pela emulação provocada pela filha do Juiz, despertaram no coração da afilhada do Álvaro Bento uma paixão profunda. A primeira revelação desse sentimento teve-a Mariquinha no despeito intenso causado pelas manobras da filha do Juiz para apoderar-se da atenção do Lourenço de Miranda. Este, depois de ter se ocupado quase toda a manhã de Mariquinha, como por uma rápida mudança, pôs-se a trocar amabilidades claras com a filha do Juiz, petulante trigueirinha de vinte anos.

À volta para a vila, a afilhada do Bento já não corria, já não trepava às árvores, não ocultava mesmo a tristeza que se apoderara de seu coração. Vinha séria ao lado do padrinho, mas não tirava os olhos de Lourenço e da filha do Juiz, que andavam desta vez atrás de todos, conversando, rindo, perseguindo borboletas como duas crianças. Mariquinha detinha os passos para acompanhar os movimentos dos dois jovens, dolorosamente ferida pelo que, no íntimo, chamava inconstância de Lourenço. Poucas horas havia que o moço se mostrara apaixonado por ela e agora namorava às claras a Lucinda, a filha do Juiz, a moça mais feia da Vila-Bela. Forçoso era crer na volubilidade dos moços do Pará, do que tanto lhe falara a sua ama-de-leite, a boa Margarida. Com a alma ulcerada pelo ciúme e espezinhada na vaidade de moça bonita, sempre até ali preferida, Mariquinha caminhava em silêncio, afetando fadiga. Quando chegaram à vila, despediram-se uns dos outros à porta do tenente-coronel. Lourenço ainda continuou na companhia da família do Juiz, e Mariquinha seguiu-o com o olhar até que o grupo se escondeu por detrás da igreja. Quando a moça voltou-se para entrar em casa, o padrinho a observava:

– Ora vamos, Maria, então que é isso? Perguntou meio zangado.

– Nada, não senhor, respondeu ela e correu a esconder a vergonha e o desespero no seio da boa Margarida, que debalde[11] tentou enxugar-lhe as lágrimas com consolações sensatas.

Aquele amor rápido e profundo, feito talvez de muitos sentimentos contrários, produziu-lhe grande mudança nos hábitos, nos modos e no gênio. Vivia triste e aflita, vítima indefesa de uma paixão ardente, de uma dessas paixões que a gente só admite nas novelas, mas que também existem na vida real, principalmente entre as mulheres da nossa terra, impressionáveis em extremo... A moça passava dias sem comer, noites sem dormir, e quando alguma nova proeza do rapaz vinha-lhe matar alguma pequenina esperança que alimentara no intervalo, chorava, e chorava no seio da Margarida, da sua querida mãe preta.

Porque Lourenço de Miranda era um desses moços que julgam ser-lhes tudo permitido. Acostumado aos namoros fáceis do Pará, pensava que em Vila-Bela, na vida estreita da aldeia, podia impunemente brincar com o sentimentalismo das raparigas, sem refletir que as nossas moças não estão como

Debalde[11]: inutilmente, em vão

as da cidade, fartas de ouvir galanteios nos passeios e nos bailes. As daqui tomam tudo a sério, acreditam em tudo. Lourenço, porém, pouco se lhe dava do que resultasse. Vivia alegre, gozando a licença, namorando claras e trigueiras, declarando o seu amor às caboclinhas do peito duro e às moças de família, franzinas e pálidas.

Uma vez, entretanto, Mariquinha julgou que alcançaria vitória. Foi numa tarde de janeiro, quente e linda, quando se encontraram no sítio da Prainha. Tinham ido algumas famílias a banho naquela saudável praia. Felizmente não estava a Lucinda, presa em Vila-Bela por um defluxo[12] rebelde, que mais a afeiava. O fato foi de bom presságio. Mariquinha, que fora a contragosto ao passeio, sentiu intensa alegria.

Lourenço esteve adorável de paixão e de sentimento, e a afilhada do Álvaro Bento contou uma hora de completa felicidade no meio de tantas amarguras. Apesar de cercados pela vigilância suspeitosa de amigos e parentes, conseguiram encontrar-se a sós por um momento, sob a copa frondosa de um taperebá, à beira do rio. Lourenço perguntou o motivo da tristeza que todos lhe notavam, foi terno, solícito e amante. Disse que era a moça mais formosa da vila, e que no Pará, mesmo naquela grande cidade, tão rica em mulheres bonitas, jamais vira formosura igual. Que o seu maior desejo era possuí-la toda para si, porque a amava como nunca poderia amar e morreria, certamente, se não fosse correspondido.

— E a Lucinda?, perguntou a moça radiante de amor e de felicidade.

A Lucinda era uma tola à custa de quem gostava de divertir-se. Só a Mariquinha amava, só da Mariquinha sentia separar-se, quando se esgotasse o tempo da licença e tivesse de voltar a tomar o seu lugar na alfândega.

Mariquinha sentia a felicidade inundar-lhe a alma, o seu coração abria-se às mais lisonjeiras esperanças, os olhos brilhavam com um fulgor que embriagava a Lourenço.

Defluxo[12]: coriza, eliminação de secreção mucosa pelas narinas

Todos os pesares da moça desvaneceram-se de súbito, as noites de insônia e os dias dolorosos foram esquecidos. O carmim tingiu-lhe as faces descoradas. O tronco do grande taperebá[13] protegeu o primeiro e único beijo que trocaram aqueles dois amantes.

No dia seguinte, Mariquinha amanheceu cantando, o que surpreendeu a todos de casa, menos à velha Margarida, que durante a noite ouvira a história do passeio à Prainha. Passou a moça o dia alegre e contente, mas à noite esperava-a uma decepção horrível.

Reunidos em casa do capitão Amâncio, para um jogo de prendas, Mariquinha e Lucinda acharam-se frente a frente. Lourenço, por uma inexplicável contradição, foi todo atenções e desvelos para a filha do Juiz, sem se importar com o despeito visível daquela a quem na véspera jurara um sincero amor. Lourenço e Lucinda, ao abrigo das liberdades do jogo, trocaram abraços e beijos, galanteios recíprocos à vista de todos, enquanto Mariquinha ralava-se de ciúmes e de raiva, reduzida a ouvir as amabilidades insulsas[14] do Dr. Filgueiras. A formosa moça retirou-se cedo e, quando chegou a casa, rompeu num pranto soluçado que terminou por um vagado[15] de três horas.

Mariquinha achava-se deitada na rede alva de linho com ricas varandas de rendas encarnadas, mas não dormia. Ia já alta a noite. O quarto, fracamente alumiado por uma candeia de azeite de mamona, mostrava indecisamente o contorno dos objetos e das pessoas que continha. Pelos vãos das telhas, penetrava a aragem fresca da madrugada, embalsamada pelos odores da floresta e repassada da umidade do rio, cujo murmúrio brando se percebia no silêncio da vila. Nos outros aposentos da casa todos dormiam. Mariquinha, com os olhos semicerrados, com o corpo negligentemente estendido, pondo para fora da rede uma perna admiravelmente torneada, de um moreno claro acetinado, no abandono do repouso recatado,

Taperebá[13]: árvore comum na região amazônica, também chamada de cajá

Insulsas – INSULSO[14]: falso, sem graça

vagado[15]: duração, tempo transcorrido

estava silenciosa. O seu rosto estava pálido, da cor da alva camisola rendada que lhe cobria o corpo e que o arfar agitado dos seios soerguia a trechos.

Sentada no chão, a velha Margarida embalava de mansinho a rede e falava baixinho, baixinho, para que ninguém ouvisse senão a sua querida filha. Esta, porém, só na ânsia que o cabeção rendado revelava mostrava estar ouvindo.

A mãe preta dizia:

– É mesmo perto da Prainha, e na beira do Lago da Francesa... é uma tapuia velha, muito afamada...

Parou, para tomar do cachimbo, enchê-lo de tabaco, e continuou. A sua voz quase parecia um sopro. Mariquinha, imóvel, permanecia em silêncio:

– É um tajá... é remédio que não falha. Basta uma dose de colherinha de chá.

Ergueu-se a mãe preta. Foi acender o cachimbo à lamparina e, no aspirar a fumaça do cheiroso tabaco, apagou a luz. Disse com um gesto de impaciência:

– Ora bom. Se apagou a luz. Mas não faz mal, já está amanhecendo.

De fato, uma claridade tênue passava pelos vãos das telhas.

Um galo cantou no quintal e na vizinhança outro galo respondeu.

A velha apertou com os dedos o tabaco aceso, para que pegasse melhor o fogo.

Soltou duas longas baforadas e veio de novo sentar-se ao pé da rede. Mariquinha levara a mão ao peito, como para comprimir as pulsações do coração.

A mãe preta continuou:

– Não se pode duvidar. É remédio que não falha. Por que é que o capitão Amâncio ficou-se babando pela velha Inácia? Está claro que, sendo ela velha e feia, só podia ser por feitiço.

E o senhor mesmo, seu padrinho, como foi que ficou tão agarrado à defunta Miquelina? Era preciso que eu não fosse de casa, para não saber? Pois se fui eu mesma quem arranjou o tajá[16]. A defunta andava chorando, chorando, não comia nem bebia, por ciúmes da Joaninha Sapateira. Arran-jou-se o tajá... e foi uma vez a Joaninha Sapateira. Nunca mais o senhor quis saber dela, e era só Miquelina para cá, Miquelina para lá, até que lhe deu aquela dor de peito que a matou, coitadinha!

Mariquinha fez um movimento para recolher a perna e soltou um fraco gemido.

A velha resmungou:

– Arre, minha gente, basta de choradeiras. É experimentar que, se bem não fizer, mal não faz.

Passara-se uma semana. Uma tarde, entre várias pessoas que estavam tomando o fresco à porta do tenente-coronel Álvaro Bento, achava-se o filho do capitão Amâncio de Miranda, que viera despedir-se. A sua licença estava a esgotar-se. Dentro de três dias era esperado de Manaus o vapor que o havia de levar ao Pará, deixando muitas saudades em Vila-Bela.

Quando Lourenço chegara, havia-se acabado de servir café às pessoas presentes. Um mulatinho do serviço ainda estava com a bandeja de xícaras vazias na mão.

– Moleque, disse o tenente-coronel, dize lá dentro que mandem uma xícara de café para o Sr. Lourenço.

O rapazinho foi dar o recado à velha Margarida. A mãe preta correu ao quarto de Mariquinha e disse-lhe ao ouvido:

– É agorinha.

Mariquinha foi à gaveta da cômoda buscar o tajá que a Margarida havia na véspera trazido do lago da francesa, e que, absorvido em pequena porção pelo filho do capitão Amâncio, devia deixá-lo louco de amores pela pessoa que lho ministrasse. Ela mesma ralou uma porção de raiz em uma língua de pirarucu[17]. Tomou uma colherinha, encheu-a com

tajá[16]: de origem tupi, remete à tinhorão, erva muito cultivada na região amazônica por sua beleza o resíduo obtido, misturou-o com açúcar e depositou-o numa xícara de café que lhe trouxera a mãe preta.

Chamou o moleque e disse:

— Aqui está o café para o Sr. Lourenço.

Custa-me a acabar esta triste história, que prova quão perniciosa é a crença do nosso povo em feitiços e feiticeiras. O tajá, inculcado à pobre moça como infalível elixir amoroso, é um dos mais terríveis venenos vegetais do Amazonas.

Lourenço, ao tomar o café, coitado!, bebeu-o de um trago, sentiu fogo vivo a abrasar-lhe as entranhas. Deitou a correr pelas ruas como um louco. Meia hora depois, falecia em convulsões medonhas, com o rosto negro, e o corpo abriu-se-lhe em chagas[18].

Que mais vos direi?

A velha Margarida, interrogada pelo delegado de Polícia, revelara a sua participação inconsciente naquela horrenda desgraça que aterrou a vila. A tapuia do lago da francesa morreu na cadeia, de maus-tratos.

Quanto à formosa e infeliz Mariquinha, desaparecera de Vila-Bela, sem que jamais se soubesse o seu paradeiro. Ter-se-ia atirado ao rio e confiado à incerta correnteza aquele corpo adorável, tão desejado em vida? Ter-se-ia internado pela floresta para perder-se na solidão das matas? Quem jamais o pôde dizer?

Hoje, dos seus infaustos[19] amores só resta como lembrança em Vila-Bela o nome de Amor de Maria, dado pelo povo ao terrível tajá que matou o filho do capitão Amâncio.

pirarucu[17]: palavra de origem tupi, significa 'peixe vermelho'. É considerado o maior peixe de escamas do Brasil e pode pesar até 80 kg
chagas – *CHAGA*[18]: ferida, machucado
infaustos – *INFAUSTO*[19]: infeliz, de mau agouro

Acauã[1]

O capitão Jerônimo Ferreira, morador da antiga vila de S. João Batista de Faro, voltava de uma caçada a que fora para distrair-se do profundo pesar[2] causado pela morte da mulher, que o deixara subitamente só com uma filhinha de dois anos de idade.

Perdida a calma habitual de velho caçador, Jerônimo Ferreira transviou-se[3] e só conseguiu chegar às vizinhanças da vila quando já era noite fechada.

Felizmente, a sua habitação era a primeira, ao entrar na povoação pelo lado de cima, por onde vinha caminhando, e por isso não o impressionaram muito o silêncio e a solidão que a modo se tornavam mais profundos à medida que se aproximava da vila. Ele já estava habituado à melancolia de Faro, talvez o mais triste e abandonado dos povoados do vale do Amazonas, posto que se mire nas águas do Nhamundá, o mais belo curso d'água de toda a região. Faro é sempre deserta. A menos que não seja algum dia de festa, em que a gente das vizinhas fazendas venha ao povoado, quase não se encontra viva alma nas ruas. Mas, se isso acontece à luz do sol, às horas de trabalho e de passeio, à noite a solidão aumenta. As ruas, quando não sai a lua, são de uma escuridão pavorosa. Desde as sete horas da tarde, só se ouve na povoação o pio agoureiro do murucututu[4] ou o lúgubre uivar de algum cão vagabundo, apostando queixumes[5] com as águas múrmuras do rio.

Fecham-se todas as portas. Recolhem-se todos, com um terror vago e incerto que procuram esconjurar[6], invocando:

– Jesus, Maria, José!

Vinha, pois, caminhando o capitão Jerônimo a solitária estrada, pensando no bom agasalho da sua fresca

---

acauã[1]: palavra de origem tupi, designa ave da família dos falcões. A lenda sobre seu canto é a de prenunciar chuvas e ser de mau agouro

pesar[2]: desgosto, mágoa, abatimento

transviou-se – *TRANSVIAR-SE*[3]: pessoa que se desvia dos padrões éticos e morais vigentes

murucututu[4]: ave da família das corujas, daí a crença de que seu pio é de mau agouro

queixumes – *QUEIXUME*[5]: lamentação, gemido

esconjurar[6]: afastar, fazer desaparecer

rede de algodão trançado e lastimando-se de não chegar a tempo de encontrar o sorriso encantador da filha, que já estaria dormindo. Da caçada nada trazia, fora um dia infeliz, nada pudera encontrar, nem ave nem bicho, e ainda por cima perdera-se e chegava tarde, faminto e cansado. Também, quem lhe mandara sair à caça em sexta-feira? Sim, era uma sexta-feira, e, quando depois de uma noite de insônia se resolvera a tomar a espingarda e a partir para a caça, não se lembrara que estava num dia por todos conhecido como aziago[7], e especialmente temido em Faro, sobre que pesa o fado de terríveis malefícios.

Com esses pensamentos, o capitão começou a achar o caminho muito comprido, por lhe parecer que já havia muito passara o marco da jurisdição da vila. Levantou os olhos para o céu a ver se se orientava pelas estrelas sobre o tempo decorrido. Mas não viu estrelas. Tendo andado muito tempo por baixo de arvoredo, não notara que o tempo se transtornava[8] e achou-se de repente numa dessas terríveis noites do Amazonas, em que o céu parece ameaçar a terra com todo o furor[9] da sua cólera divina.

Súbito, o clarão vivo de um relâmpago, rasgando o céu, mostrou ao caçador que se achava a pequena distância da vila, cujas casas, caiadas de branco, lhe apareceram numa visão efêmera. Mas pareceu-lhe que errara de novo o caminho, pois não vira a sua casinha abençoada, que devia ser a primeira a avistar. Com poucos passos mais, achou-se numa rua, mas não era a sua. Parou e pôs o ouvido à escuta, abrindo também os olhos para não perder a orientação de um novo relâmpago.

Nenhuma voz humana se fazia ouvir em toda a vila; nenhuma luz se via; nada que indicasse a existência de um ser vivente em toda a redondeza. Faro parecia morta.

Trovões furibundos[10] começaram a atroar[11] os ares. Relâmpagos amiudavam-se, inundando de luz rápida e viva

aziago[7]: de má sorte. A sexta-feira, na crendice popular, é tomada como de má sorte
transtornava – TRANSTORNAR[8]: (o tempo) passar de bom à tempestade
furor[9]: grande força
furibundos – FURIBUNDO[10]: enfurecido, encolerizado
atroar[11]: som de chuva forte que faz estremecer o ambiente

as matas e os grupos de habitações, que logo depois ficavam mais sombrios.

Raios caíram com fragor[12] enorme, prostrando[13] cedros[14] grandes, velhos de cem anos. O capitão Jerônimo não podia mais dar um passo, nem já sabia onde estava. Mas tudo isso não era nada. Do fundo do rio, das profundezas da lagoa formada pelo Nhamundá, levantava-se um ruído que foi crescendo, crescendo e se tornou um clamor[15] horrível, insano[16], uma voz sem nome que dominava todos os ruídos da tempestade. Era um clamor só comparável ao brado[17] imenso que hão de soltar os condenados no dia do Juízo Final.

Os cabelos do capitão Ferreira puseram-se de pé e duros como estacas. Ele bem sabia o que aquilo era. Aquela voz era a voz da cobra-grande, da colossal sucuriju, que reside no fundo dos rios e dos lagos. Eram os lamentos do monstro em laborioso[18] parto.

O capitão levou a mão à testa para benzer-se, mas os dedos trêmulos de medo não conseguiram fazer o sinal da cruz. Invocando o santo do seu nome, Jerônimo Ferreira deitou a correr na direção em que supunha dever estar a sua desejada casa. Mas a voz, a terrível voz, aumentava de volume. Cresceu mais, cresceu tanto afinal, que os ouvidos do capitão zumbiram, tremeram-lhe as pernas e caiu no limiar de uma porta.

Com a queda, espantou um grande pássaro escuro que ali parecia pousado, e que voou cantando:

— Acauã, acauã!

Muito tempo esteve o capitão caído sem sentidos.

Quando tornou a si, a noite estava ainda escura, mas a tempestade cessara. Um silêncio tumular reinava. Jerônimo, procurando orientar-se, olhou para a lagoa, e viu que a superfície das águas tinha um brilho estranho, como se a tivessem untado de fósforo. Deixou errar o olhar sobre a

---

fragor[12]: som forte como o de um estrondo, indicando o som dos raios como o som de coisa que se quebra

prostrando – PROSTRAR[13]: derrubar, deixar-se cair

cedros – CEDRO[14]: árvore que pode alcançar grande tamanho, poucos ramos e tronco grosso. Presta-se à marcenaria, escultura, pequenas embarcações e tem valor medicinal

clamor[15]: gritos de dor

insano[16]: sem controle

brado[17]: grito forte e alto

laborioso[18]: trabalho difícil, doloroso

toalha do rio, e um objeto estranho, afetando a forma de uma canoa, chamou-lhe a atenção. O objeto vinha impelido por uma força desconhecida em direção à praia para o lado em que se achava Jerônimo. Este, tomado de uma curiosidade invencível, adiantou-se, meteu os pés na água e puxou para si o estranho objeto. Era com efeito uma pequena canoa, e no fundo dela estava uma criança que parecia dormir. O capitão tomou-a nos braços. Nesse momento, rompeu o sol por entre os animais de uma ilha vizinha, cantaram os galos da vila, ladraram os cães, correu rápido o rio, perdendo o brilho desusado[19]. Abriram-se algumas portas. À luz da manhã, o capitão Jerônimo Ferreira reconheceu que caíra desmaiado justamente no limiar da sua casa.

Not dia seguinte, toda a vila de Faro dizia que o capitão adotara uma linda criança, achada à beira do rio, e que se dispunha a criá-la, como própria, conjuntamente com a sua legítima Aninha.

Tratada efetivamente como filha da casa, cresceu a estranha criança, que foi batizada com o nome de Vitória.

Educada da mesma forma que Aninha, participava da mesa, dos carinhos e afagos do capitão, esquecido do modo por que a recebera.

Eram ambas moças bonitas aos quatorze anos, mas tinham tipo diferente.

Ana fora uma criança robusta e sã, era agora franzina[20] e pálida. Os anelados cabelos castanhos caíam-lhe sobre as alvas e magras espáduas. Os olhos tinham uma languidez[21] doentia. A boca andava sempre contraída, numa constante vontade de chorar. Raras rugas divisavam-se-lhe nos cantos da boca e na fronte baixa, algum tanto cavada. Sem que nunca a tivessem visto verter uma lágrima, Aninha tinha um ar tristonho, que a todos impressionava, e se ia tornando cada dia mais visível.

Na vila, dizia toda a gente:

---

desusado[19]: sem uso, que não serve mais

franzina – FRANZINO[20]: pequeno e magro, de pouca expressão, sem jeito

languidez – LÂNGUIDO[21]: olhar sem forças, sem brilho, abatido

– Como está magra e abatida a Aninha Ferreira que prometia ser robusta e alegre!

Vitória era alta e magra, de compleição forte, com mús-culos de aço. A tez era morena, quase escura, as sobrancelhas negras e arqueadas; o queixo fino e pontudo, as narinas dilatadas, os olhos negros, rasgados, de um brilho estranho. Apesar da incontestável formosura, tinha alguma coisa de masculino nas feições e nos modos. A boca, ornada de magníficos dentes, tinha um sorriso de gelo. Fitava com arrogância os homens até obrigá-los a baixar os olhos.

As duas companheiras afetavam a maior intimidade e ternura recíproca, mas o observador atento notaria que Aninha evitava a companhia da outra, ao passo que esta a não deixava. A filha do Jerônimo era meiga para com a companheira, mas havia nessa meiguice um certo acanhamento, uma espécie de sofrimento, uma repulsão[22], alguma coisa como um terror vago, quando a outra cravava-lhe nos olhos dúbios e amortecidos os seus grandes olhos negros.

Nas relações de todos os dias, a voz da filha da casa era mal segura e trêmula; a de Vitória, áspera e dura. Aninha, ao pé de Vitória, parecia uma escrava junto da senhora.

Tudo, porém, correu sem novidade, até ao dia em que completaram quinze anos, pois se dizia que eram da mesma idade. Desse dia em diante, Jerônimo Ferreira começou a notar que a sua filha adotiva ausentava-se da casa freqüentemente, em horas impróprias e suspeitas, sem nunca querer dizer por onde andava. Ao mesmo tempo em que isso sucedia, Aninha ficava mais fraca e abatida. Não falava, não sorria, dois círculos arroxeados salientavam-lhe a morbidez dos grandes olhos pardos. Uma espécie de cansaço geral dos órgãos parecia que lhe ia tirando pouco a pouco a energia da vida.

Quando o pai chegava-se a ela, e lhe perguntava carinhosamente:

repulsão – REPULSAR[22]: afastar, com vagar, delicadeza

– Que tens, Aninha?

A menina, olhando assustada para os cantos, respondia em voz cortada de soluços:

– Nada, papai.

A outra, quando Jerônimo a repreendia pelas inexplicáveis ausências, dizia com altivez e pronunciado desdém:

– E que tem vosmecê com isso?

Em julho desse mesmo ano, o filho de um fazendeiro do Salé, que viera passar o S. João em Faro, enamorou-se da filha de Jerônimo e pediu-a em casamento. O rapaz era bem apessoado, tinha alguma coisa de seu e gozava de reputação de sério. Pai e filha anuíram[23] gostosamente ao pedido e trataram dos preparativos do noivado. Um vago sorriso iluminava as feições delicadas de Aninha. Mas um dia em que o capitão Jerônimo fumava tranqüilamente o seu cigarro de tauari[24] à porta da rua, olhando para as águas serenas do Nhamundá, a Aninha veio se aproximando dele a passos trôpegos, hesitante e trêmula e, como se cedesse a uma ordem irresistível, disse, balbuciando, que não queria mais casar.

– Por quê?, foi a palavra que veio naturalmente aos lábios do pai tomado de surpresa.

Por nada, porque não queria. E, juntando as mãos, a pobre menina pediu com tal expressão de sentimento, que o pai, enleado, confuso, dolorosamente agitado por um pressentimento negro, aquiesceu[25], vivamente contrariado.

– Pois não falemos mais nisso.

Em Faro, não se falou em outra coisa durante muito tempo, senão na inconstância da Aninha Ferreira. Somente Vitória nada dizia. O fazendeiro do Salé voltou para as suas terras, prometendo vingar-se da desfeita que lhe haviam feito.

E a desconhecida moléstia da Aninha se agravava, a ponto de impressionar seriamente o capitão Jerônimo e toda

anuíram – ANUIR[23]: concordar, aceitar o pedido

tauari[24]: palavra de origem tupi, designa a fibra têxtil usada para enrolar o cigarro e possui o mesmo nome da árvore que a produz

aquiesceu – AQUIESCER[25]: concordar com alguém, apesar de descontente com a atitude

a gente da vila.

Aquilo é paixão recalcada[26], diziam alguns. Mas a opinião mais aceita era que a filha do Ferreira estava enfeitiçada.

No ano seguinte, o coletor apresentou-se pretendente à filha do abastado Jerônimo Ferreira.

— Olhe, seu Ribeirinho, disse-lhe o capitão, é se ela muito bem quiser, porque não a quero obrigar. Mas eu já lhe dou uma resposta nesta meia hora.

Foi ter com a filha e achou-a nas melhores disposições para o casamento. Mandou chamar o coletor, que se retirara discretamente, e disse-lhe muito contente:

— Toque lá, seu Ribeirinho, é negócio arranjado.

Mas daí alguns dias, Aninha foi dizer ao pai que não queria casar com o Ribeirinho.

O pai deu um pulo da rede em que se deitara havia minutos para dormir a sesta.

— Temos tolice?

E como a moça dissesse que nada era, nada tinha, mas não queria casar, terminou em voz de quem manda:

— Pois agora há de casar que o quero eu.

Aninha foi para o seu quarto e lá ficou encerrada até ao dia do casamento, sem que nem pedidos nem ameaças a obrigassem a sair.

Entretanto, a agitação de Vitória era extrema.

Entrava a todo o momento no quarto da companheira e saía logo depois com as feições contraídas pela ira.

Ausentava-se da casa durante muitas horas, metia-se pelos matos, dando gargalhadas que assustavam os passarinhos. Já não dirigia a palavra a seu protetor nem a pessoa alguma da casa.

Chegou, porém, o dia da celebração do casamento. Os noivos, acompanhados pelo capitão, pelos padrinhos e por quase toda a população da vila, dirigiram-se para a matriz. Notava-se com espanto a ausência da irmã adotiva da noiva.

recalcada –
RECALCADO[26]: reprimido, concentrado

Desaparecera, e, por maiores que fossem os esforços tentados para a encontrar, não lhe puderam descobrir o paradeiro. Toda a gente indagava, surpresa:

– Onde estará Vitória?

– Como não vem assistir ao casamento da Aninha?

O capitão franzia o sobrolho[27], mas a filha parecia aliviada e contente.

Afinal, como ia ficando tarde, o cortejo penetrou na matriz, e deu-se começo à cerimônia.

Mas eis que, na ocasião em que o vigário lhe perguntava se casava por seu gosto, a noiva põe-se a tremer como varas verdes, com o olhar fixo na porta lateral da sacristia.

O pai, ansioso, acompanhou a direção daquele olhar e ficou com o coração do tamanho de um grão de milho.

De pé, à porta da sacristia, hirta[28] como uma defunta, com uma cabeleira feita de cobras, com as narinas dilatadas e a tez verde-negra, Vitória, a sua filha adotiva, fixava em Aninha um olhar horrível, olhar de demônio, olhar frio que parecia querer pregá-la imóvel no chão. A boca entreaberta mostrava a língua fina, bipartida como língua de serpente. Um leve fumo azulado saía-lhe da boca, e ia subindo até ao teto da igreja. Era um espetáculo sem nome!

Aninha soltou um grito de agonia e caiu com estrondo sobre os degraus do altar. Uma confusão fez-se entre os assistentes. Todos queriam acudir-lhe, mas não sabiam o que fazer. Só o capitão Jerônimo, em cuja memória aparecia de sú-bito a lembrança da noite em que encontrara a estranha crian-ça, não podia despegar os olhos da pessoa de Vitória, até que esta, dando um horrível brado, desapareceu, sem se saber como.

Voltou-se então para a filha, e uma comoção profunda abalou-lhe o coração. A pobre noiva, toda vestida de branco, deitada sobre os degraus do altar-mor, estava hirta e pálida.

sobrolho[27]: sobrancelha
hirta[28]: dura, imóvel, não se movimenta

Dois grandes fios de lágrimas, como contas de um colar desfeito, corriam-lhe pela face. E ela nunca chorara, nunca desde que nascera se lhe vira uma lágrima nos olhos!

– Lágrimas!, exclamou o capitão, ajoelhando aos pés da filha.

– Lágrimas!, clamou a multidão tomada de espanto.

Então convulsões terríveis se apoderaram do corpo de Aninha. Retorcia-se como se fora de borracha. O seio agitava-se dolorosamente. Os dentes rangiam em fúria. Arrancava com as mãos os lindos cabelos. Os pés batiam no soalho. Os olhos reviravam-se nas órbitas, escondendo a pupila. Toda ela se maltratava, rolando como uma frenética[29], uivando dolorosamente.

Todos os que assistiam a esta cena estavam comovidos. O pai, debruçado sobre o corpo da filha, chorava como uma criança.

De repente, a moça pareceu sossegar um pouco, mas não foi senão o princípio de uma nova crise. Inteiriçou-se[30]. Ficou imóvel. Encolheu depois os braços, dobrou-os a modo de asas de pássaro, bateu-os por vezes nas ilhargas[31], e, entreabrindo a boca, deixou sair um longo grito que nada ti-nha de humano, um grito que ecoou lugubremente pela igreja:

– Acauã!

– Jesus!, bradaram todos, caindo de joelhos.

E a moça, cerrando os olhos como em êxtase, com o corpo imóvel, à exceção dos braços, continuou aquele canto lúgubre:

– Acauã! Acauã!

Por cima do telhado, uma voz respondeu à de Aninha:

– Acauã! Acauã!

Um silêncio tumular reinou entre os assistentes. Todos compreendiam a horrível desgraça.

Era o Acauã!

frenética –
FRENÉTICO[29]: em grande agitação, movimento
inteiriçou-se –
INTEIRIÇAR[30]: endurecer, tornar-se rijo
ilhargas – ILHARGA[31]: quadris

O GADO DO VALHA-ME-DEUS

Sim, para além da grande serra do Valha-me-Deus, há muito gado perdido nos campos que, tenho para mim, se estendem desde o Rio Branco até às bocas[1] do Amazonas! Já houve quem o visse nos campos que ficam para lá da margem esquerda do Trombetas, de que nos deu a primeira notícia o padre Nicolino, coisa de que alguns ainda duvidam, mas todos entendem que, a existir tal gado, nessas paragens[2], são reses[3] fugidas das fazendas nacionais do Rio Branco. Cá o tio Domingos tem outra idéia, e não é nenhuma maluquice dos seus setenta anos puxados até o dia de S. Bartolomeu, que é isso a causa de todos os meus pecados, ainda que mal discorra; tanto que, se querem saber a razão desta minha teima, lá vai a história tão certa como se ela passou, que nem contada em letra de forma, ou pregada do púlpito[4], salvo seja, em dia de sexta-feira maior. O tio Domingos Espalha chegou à casa dos setenta sem que jamais as unhas lhe criassem pintas brancas, e os dentes lhe caíram todos sem nunca haverem mastigado um carapetão[5], isso o digo sem medo de que traste nenhum se atreva a chimpar-me[6] o contrário na lata[7].

Pois foi, já lá vão bons quarenta anos ou talvez quarenta e cinco, que nisto de contagem de anos não sou nenhum sábio da Grécia, tinha morrido de fresco o defunto padre Geraldo, que Deus haja na sua santa glória, e cá na terra foi o dono da fazenda Paraíso, em Faro, e possuía também os campos do Jamari, onde bem bons tucumãs-açu[8] eu comi no tempo em que ainda tinha mobília na sala, ou, salvo seja, dentes esta boca que nunca mentiu, e que a terra fria há de comer.

Padre Geraldo fez no seu testamento uma deixa da

---

bocas – BOCA[1]: foz, abertura de rio

paragens – PARAGEM[2]: lugar no qual o gado pode parar

reses – RÊS[3]: cabeça de gado

pregado do púlpito[4]: discurso proferido de uma tribuna a um grupo de fiéis ou ouvintes

carapetão[5]: pequena noz, em formato de pião, bastante dura

chimpar-me – CHIMPAR[6]: dizer, com violência

lata[7]: rosto, cara

tucumãs-açu[8]: um tipo de palmeira, de grande porte

fazenda ao Amaro Pais, que levava toda a vida de pagode[9] em Faro, e aqui em Óbidos, e nunca pôde contar as milhares de cabeças que o defunto padre havia criado no Paraíso, e que passavam pelas mais gordas e pesadas de toda esta redondeza.

Não que o visse, não senhores, eu não vi; mas todos gabavam o asseio com que o padre criava aquele gado, que era mesmo a menina dos seus olhos, a ponto de passar quinze anos de sua vida sem comer carne fresca, por não ter ânimo de mandar sangrar[10] uma rês. Quando fui contratado para a fazenda, já o defunto havia dado a alma a Deus por causa de umas friagens que apanhara embarcado, e de que lhe nascera um pão de frio[11], bem por baixo das costelas direitas, não havendo lambedor[12], nem mezinha[13] que lhe valesse, porque, enfim, já chegara a sua hora, lá isso é que é verdade.

Havia um ano que a fazenda Paraíso estava, por assim dizer, abandonada, porque o Amaro nunca lá aparecia, senão para se divertir, atirando ao gado, como quem atira a onças e fazendo-se valente na caçada dos pobres bois, criaturas de Deus, que a ninguém ofendem, porque enfim, isso lá de uma pequena marrada[14] de vez em quando é para se defenderem e experimentarem o peito do vaqueiro, porque o boi sempre é animalzinho que embirra[15] com gente maricas. As proezas do Amaro Pais tinham feito embravecer o gado, que, por fim, já ninguém era capaz de o levar para a malhada[16] e ainda menos de o meter no curral, o que era pena para um gadinho tão amimado pelo padre Geraldo, um verdadeiro rebanho de carneiros pela mansidão, que era mesmo de se lavar com um bochecho para não dizer mais, e a alma do padre lá em cima havia de estar se mordendo de zanga, vendo as suas reses postas naquele estado pelo estrompado[17] herdeiro, que fazia dor de coração.

Não pensem que eu agora digo isto para me gabar, pois quem pensar o contrário não tem mais do que perguntar aos

pagode[9]: brincadeira, farra
sangrar[10]: tirar, extrair o sangue
pão de frio[11]: doença respiratória
lambedor[12]: xarope
mezinha[13]: remédio caseiro
marrada – MARRAR[14]: arremeter e bater com a cabeça
embirra – EMBIRRAR[15]: teimar com persistência e ira
malhada[16]: curral de gado
estrompado[17]: estúpido, ignorante

moleques do meu tempo a razão por que me deram o apelido de Domingos Espalha, que era porque nenhum vaqueiro da terra, do Rio Grande, ou de Caiena, me agüentava no repuxo[18] da vaqueação; eu era molecote ainda, mas quando se tratava de alguma fera difícil, era o Domingos Espalha que se ia buscar onde estivesse, porque ninguém melhor do que ele conhecia as manhas do gadinho, e segurava-se melhor na sela sem estribos nem esporas, à moda da minha terra, de onde vim pequeno, mas já entendido nesses assados.

Pois para a festa de S. João, que o Amaro Pais ia passar na vila, queria ele uma vaca bem gorda para comer, e incumbiu a mim e ao Chico Pitanga de tomarmos conta da fazenda, assinalar[19] o gado orelhudo e remeter a vaca a tempo de chegar descansada nas vésperas da festa, a que me parecia a mim que era a tarefa mais à-toa de que me encarregara até então, embora os outros vaqueiros me dissessem que havia de perder o meu latim[20] com o tal gadinho de uma figa.

O Chico Pitanga e eu entramos na montaria[21], levando um par de cordas de couro feitas por mim mesmo com corredeiras de ferro, um paneiro de farinha e um frasco de cachaça da boa, feita de farinha de mandioca, que era de queimar as goelas e consolar a um filho de Deus.

Abicamos ao porto do Paraíso às seis horas da tarde, recolhemo-nos à casa por ser já tarde para procurar o gado, que, entretanto, ouvíamos mugir a pequena distância, e parecia estar encoberto por um capão de mato. Fizemos a nossa janta de pirarucu assado e farinha, não mostramos cara feia à aguardente de beiju e ferramos num bom sono toda a noite até que pela madrugadinha saímos em busca do gado, montando em pêlo dois cavalos da fazenda que encontramos pastando perto do curral. Qual gado, nem pera[22] gado! Batemos tudo em roda, caminhamos todo o santo dia, e eu já dizia para o Chico Pitanga que a fama do Espalha tinha espalhado a boiama[23],

repuxo[18]: momento em que o gado recua, volta
assinalar[19]: marcar o gado com identificação do dono
latim[20]: falar com alguém que não entende o que se diz
montaria[21]: trabalho exercido por monteiro, que é o de ajuntar, reunir o gado
pera[22]: preposição arcaica, similar a *para*
boiama[23]: regionalismo para *boiada*, o rebanho bovino

quando lá pelo cair da tarde fomos parar à ilha da Pocovasororoca, que fica bem no meio do campo, a umas duas léguas da casa grande. Bonita ilha, sim, senhores, é mesmo de alegrar a gente aquele imenso pacoval[24] no meio do campo baixo, que parece um enfeite que Deus Nosso Senhor botou ali para se não dizer que quis fazer campo, campo e mais nada. Bonita ilha, sim, senhores, porém muito mais bonita era a vaca que lá encontramos, deitada debaixo de uma árvore, mastigando, olhando pra gente muito senhora de si, sem se afligir com a nossa presença, parecia uma rainha no seu palácio, tomando conta daquela ilha toda, com um jeito bonzinho de quem gosta de receber uma visita e tem prazer em que a visita se assente debaixo da mesma árvore, goze da mesma sombra e descanse como está descansando. Não, senhores, não tinha nada de gado bravo a tal vaquinha, grande, gorda, roliça de fazer sela, negra da cor da noite, com um ar de tão boa carne que o diacho do Chico Pitanga ficou logo de água na boca, e vai não vai prepara laço para lhe botar nos madeiros, com perdão da palavra. Me bateu uma pancada no coração, dura como acapu[25], de não sei que me parecia ofender aquela vaca tão gorda e lisa, que ali estava tão a seu gosto, querendo meter a gente no coração com os olhos brandos e amigos, sem cerimônia nenhuma e muito senhora de si, e disse pro Chico que aquilo era uma vergonha pra mim ser mandado como vaqueiro mais sacudido a amansar aquele gado bravo, e por fim de contas segurar a primeira vaca maninha que encontrava, como qualquer curumim[26] sem prática da arte. Mas o tinhoso[27] falou na alma de meu companheiro que, sem mais aquela, atirou o laço e segurou os cornos da vaca. Ela, coitadinha, se empinou toda, deixando ver o peito branco, com umas tetinhas de moça, palavra de honra! E eu, pra não parecer que receava o lance, botei-lhe a minha corda também. Olhem que corda tecida por mim é dura de arrebentar, pois arrebentaram ambas como se fossem linha

pacoval[24]: bananal
acapu[25]: árvore que atinge 20 metros, típica da região amazônica e em extinção, pois sua madeira é considerada de ilimitada duração
curumim[26]: palavra de origem tupi, designa garoto, menino
tinhoso[27]: nome para designar a figura do diabo

de coser[28], só com um puxão que a tal vaquinha lhe deu, e vai senão quando, com a força, cai a vaca no chão e fica espichada que nem um defunto.

Cá pra mim, que conheço as manhas do povo com que lido, disse logo que aquilo era fingimento, e botei-me pra ela pra a sujeitar pelos chifres, que para isso pulso tinha eu, não é por me gabar. Mas qual fingimento, nem meio fingimento! A vaca estava morta e bem morta, como se a queda lhe tivesse arrebentado os bofes, apesar de eu a ter visto, havia tão pouco tempo, viva e sã, como nós aqui estamos, mal comparado, o que mostra que o homem não é nada neste mundo.

Mas era tão nova a morta, e havia já mais de uma semana que não comíamos senão pirarucu seco, que aquela gordura toda me fez ferver o sangue, me deu uma fome de carne fresca, que parecia que já tinha o sal na boca, da baba que me caía pelos beiços abaixo; trepei em cima da vaca e sangrei-a na veia do pescoço, e logo o Chico Pitanga lhe furou a barriga, rasgando-a dos peitos até as maminhas, com perdão de vosmecês. O diacho da vaca, dando um estouro, arrebentou como uma bexiga cheia de vento, e, em vez de aparecer à carne fresca, era espuma e mais espuma, uma espuma branca como algodão em rama, que saía da barriga, dos peitos, dos quartos, do lombo, de toda parte enfim, pois que a vaca não era senão ossos, espuma e couro por fora, e acabou-se; e logo (me disse depois o Chico Pitanga) o demônio da rês começou a escorrer choro pelos olhos, como se lhe doesse muito aquela nossa ingratidão.

Largamos a rês no campo, e, como já se ia fazendo tarde, voltamos de corrida para casa, onde dormimos sabe Deus como, sem cear, é verdade, porque a malvada espuma me tinha revirado as tripas que tudo me fedia.

Mal veio a madrugada, fomos a caminho da ilha da Pacova-sororoca, à procura da vacada, levando cada um o

coser[28]: costurar

seu saquinho cheio de farinha d'água, e outro de sal, para a demora que houvesse, e vimos uma grande batida de gado, em roda do lugar onde havíamos deixado na véspera o corpo da vaca preta, mostrando que eram talvez para cima de cinco mil cabeças, mas não achamos uma só rês, nem mesmo a tal vaquinha assassinada por nós.

Me ferveu o sangue, e eu disse para o Chico Pitanga:

— Isto também já é demais. Ou eu hei de encontrar os diachos das reses, ou não me chame Domingos Espalha.

E botamo-nos no campo, busca daqui, bate de lá, vira dali, corre pra cá, até que pela volta do meio-dia descobrimos o rasto, uma imensa batida, com as pegadas no chão, que se estava vendo que o gado passara ali naquele instantinho, e tivemos certeza de que eram mais de cinco mil cabeças, pois a estrada era larga como o Amazonas aqui defronte, e as pegadas unidas miúdo, miúdo, de gado muito apertado que foge a toda pressa, com os cornos no rabo uns dos outros; e vosmecês desculpem esta minha franqueza que eu nunca andei na escola. A batida ia direito, direito para o centro das terras, e vai o Chico Pitanga disse: "Seu Espalha, a bicharia passou ainda agorinha". E nos botamos a toda a brida[29], seguindo o rasto, sempre vendo sinais certos da passagem da vacada, mas sem encontrar viv'alma no caminho.

Já estávamos cansados da vida, mais mortos do que outra coisa, nos apeamos e sentamos à beira do Igarapé dos Macacos para nos refrescarmos com um pouco de chibé[30]. Vinha caindo a noite, e do outro lado do Igarapé, no meio de um capinzal de dez palmos de altura, ouvíamos mugir o gado, tão certo como estarem vosmecês me ouvindo a mim, com a diferença que nós tivemos um alegrão e tratamos de dormir depressa para acordarmos cedo, bem cedinho, e irmos cercar os bois do Amaro Pais que daquela feita não nos haviam de escapar, ainda que tivesse eu de botar os bofes pela boca fora,

brida[29]: à redea solta, à toda velocidade
chibé[30]: bebida servida como refresco

ficando estirado ali no meio do campo.

Eu nunca na minha vida passei nem hei de passar, com perdão de Deus, uma noite tão feia como aquela! Começou a chover uma chuvinha miúda, que não tardou em varar as folhas do ingazeiro que nos cobria, de forma que era o mesmo que estarmos na rua; os pingos d'água, rufando no arvoredo, caíam duros e frios nas nossas roupas já úmidas de suor, e punham-nos a bater queixo, como se tivéssemos sezões[31]; logo, logo começou a boiada a uivar, paresque[32] chorando a morte da maninha, que fazia um berreiro dos meus pecados, com a diferença que era um choro que parecia de gente humana, e nos dava cada sacudidela no estômago que só por vergonha não solucei, ao passo que o maricas do Chico Pitanga chorava como um bezerro, que metia dó. Aquilo estava bem claro que a vaca preta era a mãe do rebanho, e como nós a tínhamos assassinado, havíamos de agüentar toda aquela choradeira.

Por maior castigo ainda, os cavalos pegaram medo daquele barulho, romperam as cordas e fugiram tão atordoados que nos deram grande canseira para os agarrar, e nisso levamos a noite toda sem pregar olho nem descansar um bocado. Quando vinha a madrugada, passamos o Igarapé dos Macacos e entramos no capinzal, que era a primeira vez que avistávamos aquelas paragens, que já nem sabíamos a quantas léguas estávamos da fazenda Paraíso, navegando naquele sertão central. Era um campo muito grande, que se estendia a perder de vista, quase despido de árvores, distanciando-se apenas de longe em longe no meio do capinzal verde as folhas brancas das embaúbas, balançadas pelo vento para refrescar a gente no meio daquela soalheira terrível, capaz de assar um frango vivo.

Vimos perfeitamente o lugar onde o gado passara a noite, um grande largo, com o capim todo machucado, mas

sezões – *SEZÃO*[31]: febre alta
paresque[32]: forma aglutinada de "parece que"

nem uma cabecinha pra remédio! Já tinham os diachos seguido seu caminho, sempre deixando atrás de si uma rua larga, aberta no capinzal, em direção à Serra do Valha-me-Deus, que depois de duas horas de viagem começamos a ver muito ao longe, espetando no céu as suas pontas azuis. Galopamos, galopamos atrás deles, mas qual gado, nem pera gado, só víamos diante da cara dos cavalos aquele imenso mar de capim com as pontas torradas por um sol de brasa, parecendo sujas de sangue, e no fundo a Serra do Valha-me-Deus, que parecia fugir de nós a toda pressa. Ainda dormimos aquela noite no campo, a outra e a outra, sempre seguindo durante o dia as pegadas dos bois, e ouvindo à noite a grande choradeira que faziam a alguns passos de distância de nós, mas sem nunca lhes pormos a vista em cima, nem um bezerro desgarrado, nem uma vaquinha preguiçosa! Eu já estava mesmo levado da carepa[33], anojado[34], triste, desesperado da vida, cansado na alma de ouvir aquela prantina[35] desenfreada todas as noites, sem me deixar pregar o olho, e o Chico Pitanga cada vez mais pateta, dizendo que aquilo era castigo por termos assassinado a mãe do gado; ambos com fome, já não podíamos mover os braços e as pernas, galopando, galopando por cima do rasto da boiada, e nada de vermos coisa que parecesse com boi nem vaca, e só campo e céu, céu e campo, e de vez em quando bandos e bandos de marrecas, colhereiras, nambus, maguaris, garças, tuiuiús, guarás, carões, gaivotas, maçaricos e arapapás que levantavam o vôo debaixo das patas dos cavalos, soltando gritos agudos, verdadeiras gargalhadas por se estarem rindo do nosso vexame lá na sua língua deles. E os cavalos cansados, trocando a andadura, e nós com pena deles, a farinha acabada, de pirarucu nem uma isca, sem arma para atirar aos pássaros, nem vontade para isso, sem uma pinga de aguardente, sem uma rodela de tabaco, e a batida do gado espichando diante de nós, cada vez mais comprida,

carepa[33]: levado da breca, indignado, aborrecido
anojado[34]: desgostoso
prantina[35]: choradeira, choro alongado e demorado

para nunca mais acabar, até que uma tarde, já de todo sem coragem, fomos dar com os peitos bem na encosta da Serra do Valha-me-Deus, onde nunca sonhei chegar, e bem raros são os que se têm atrevido a aproximar-se dela.

Mas o diacho das pegadas do gado subiam pela serra acima, trepavam em riba uma das outras até se perderem de vista, por um caminho estreito que volteava no monte e parecia sem fim. Ali paramos, quando vimos aquele mundo da Serra do Valha-me-Deus, que ninguém subiu até hoje, nos tapando o caminho, que era mesmo uma maldição; pois se não fosse o diacho da serra, eu cumpriria a minha promessa, ainda que tivesse de largar a alma no campo.

Nunca vi cachorro mais danado do que eu fiquei. Voltamos para trás, moídos que nem mandioca puba[36] em tipiti[37], curtindo oito dias de fome de farinha e sede de aguardente, até chegarmos à fazenda Paraíso, e só o que eu digo é que nunca encontrei gado que me desse tanta canseira.

puba[36]: mandioca amassada para uso culinário
tipiti[37]: cesto de palha utilizado para amassar, espremer a mandioca

O baile do Judeu

Ora, um dia lembrou-se o Judeu de dar um baile e atreveu-se a convidar a gente da terra, a modo de escárnio[1] pela verdadeira religião de Deus Crucificado, não esquecendo no convite família alguma das mais importantes de toda a redondeza da Vila. Só não convidou o vigário, o sacristão, nem o andador das almas[2], e menos ainda o Juiz de Direito; este por medo de se meter com a Justiça, e aqueles pela certeza de que o mandariam pentear macacos.

Era de supor que ninguém acudisse ao convite do homem que havia pregado as bentas mãos e os pés de Nosso Senhor Jesus Cristo numa cruz, mas, às oito horas da noite daquele famoso dia, a casa do Judeu, que fica na rua da frente, a umas dez braças quando muito da barranca do rio, já não podia conter o povo que lhe entrava pela porta dentro; coisa digna de admirar-se hoje que se prendem bispos e por toda a parte se desmascaram lojas maçônicas[3], mas muito de assombrar naqueles tempos em que havia sempre algum temor de Deus e dos mandamentos de sua Santa Madre Igreja Católica Apostólica Romana.

Lá estavam em plena judiaria[4], pois assim se pode chamar a casa de um malvado judeu, o tenente-coronel Bento de Arruda, comandante da guarda nacional, o Capitão Coutinho, comissário das terras, o Dr. Filgueiras, o Delegado de Polícia, o coletor, o agente da companhia do Amazonas; toda a gente grada, enfim, pretextando uma curiosidade desesperada de saber se de fato o Judeu adorava uma cabeça de cavalo, mas, na realidade, movida da notícia da excelente cerveja Bass e dos sequilhos que o Izaac arranjara para aquela noite, entrava

escárnio[1]: atitude de menosprezo, zombaria, ironia

andador das almas[2]: regionalismo de origem portuguesa, designa membro de irmandade que anda de porta em porta pedindo esmolas para salvar as almas do purgatório

loja maçônica[3]: templo onde se reúnem os membros da ordem secreta, chamada Maçonaria

judiaria[4]: grande número de judeus

alegremente no covil[5] de um inimigo da Igreja, com a mesma frescura com que iria visitar um bom cristão.

Era em junho, num dos anos de maior enchente do Amazonas. As águas do rio, tendo crescido muito, haviam engolido a praia e iam pela ribanceira acima, parecendo querer inundar a rua da frente, e ameaçando com um abismo de vinte pés[6] de profundidade os incautos[7] transeuntes que se aproximavam do barranco.

O povo que não obtivera convite, isto é, a gente de pouco mais ou menos, apinhava-se em frente à casa do Judeu, brilhante de luzes, graças aos lampiões de querosene tirados da sua loja, que é bem sortida. De torcidas e óleo é que ele devia ter gasto suas patacas[8] nessa noite, pois quanto aos lampiões, bem lavadinhos e esfregados com cinza, hão de ter voltado para as prateleiras da bodega[9].

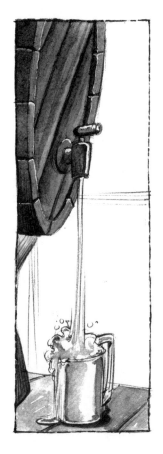

Começou o baile às oito horas, logo que chegou a orquestra, composta do Chico Carapanã, que tocava violão, do Pedro Kabequinha e do Raimundo Penaforte, um tocador de flauta de que o Amazonas se orgulha. Muito pode o amor ao dinheiro, pois que esses pobres homens não duvidaram tocar na festa do Judeu com os mesmos instrumentos com que acompanhavam a missa aos domingos na Matriz; por isso dois deles já foram severamente castigados, tendo o Chico Carapanã morrido afogado um ano depois do baile, e o Pedro Rabequinha sofrido quatro meses de cadeia por uma descompostura que passou ao capitão Coutinho a propósito de uma questão de terras. O Penaforte que se acautele[10]!

Muito se dançou naquela noite, e, a falar a verdade, muito se bebeu também, porque em todos os intervalos da dança lá corriam pela sala os copos da tal cerveja Bass que fizera muita gente boa esquecer os seus deveres. O contentamento era geral, e alguns tolos chegavam mesmo a dizer que na Vila nunca se vira um baile igual!

covil[5]: local usado pelo inimigo para se esconder
pés – PÉ[6]: antiga unidade de medida, equivalente a 33 cm
incautos – INCAUTO[7]: descuidado, imprudente
patacas – PATACA[8]: moeda antiga de prata
bodega[9]: pequena venda, mercearia
acautele – ACAUTELAR[10]: prevenir-se, cuidar-se para que nenhum mal ocorra

A rainha do baile era incontestavelmente a D. Mariquinhas, mulher do tenente-coronel Bento de Arruda, casadinha de três semanas. Alta, gorda, tão rosada que parecia uma portuguesa, a D. Mariquinhas tinha uns olhos pretos que haviam transtornado a cabeça a muita gente; e o que mais nela encantava era a faceirice[11] com que sorria a todos, parecendo não conhecer maior prazer do que ser agradável a quem lhe falava. O seu casamento fora por muitos lastimado, embora o tenente-coronel não fosse propriamente um velho, pois não passava ainda dos cinqüenta; diziam todos que uma moça nas condições daquela tinha onde escolher melhor, e falava-se muito de um certo Lulu Valente, rapaz dado a caçoadas de bom gosto, que morrera pela moça, e ficara fora de si com o casamento do tenente-coronel; mas a mãe era pobre, uma simples professora régia! O tenente-coronel era rico, viúvo, sem filhos, e tantos foram os conselhos, os rogos[12] e agrados, e, segundo outros, as ameaças da velha, que a D. Mariquinhas não teve outro remédio senão mandar o Lulu às favas, e casar com o Bento de Arruda; mas nem por isso perdeu a alegria e amabilidade, e na noite do baile do Judeu estava deslumbrante de formosura, com seu vestido de nobreza azul celeste, as suas pulseiras de esmeraldas e rubis, os seus belos braços brancos e roliços, de uma carnadura rija; e alegre como um passarinho em manhã de verão. Se havia, porém, nesse baile alguém alegre e satisfeito de sua sorte era o tenente-coronel Bento de Arruda que, sem dançar, encostado aos umbrais[13] de uma porta, seguia com o olhar apaixonado todos os movimentos da mulher, cujo vestido, às vezes, no rodopiar da valsa, vinha roçar-lhe as calças brancas, causando-lhe calafrios de contentamento e de amor.

Às onze horas da noite, quando mais animado ia o baile, entrou de repente um sujeito baixo, feio, de casacão comprido e chapéu desabado, que não deixava ver o rosto,

faceirice – FACEIRO[11]: satisfeito, contente
rogos – ROGO[12]: súplica, pedido
umbrais – UMBRAL[13]: batente de porta, entrada

escondido também pela gola levantada do casaco. Foi direto a D. Mariquinhas, deu-lhe a mão, tirando-a para uma contradança que se ia começar.

Foi muito grande a surpresa de todos, vendo aquele sujeito de chapéu na cabeça, e mal amanhado[14], atrever-se a tirar uma senhora para dançar, mas logo cuidaram que aquilo era uma troça[15], e puseram-se a rir com vontade, acercando-se do recém-chegado para ver o que faria. A própria mulher do Bento de Arruda ria-se a bandeiras despregadas[16], e, ao começar a música, lá se pôs o sujeito a dançar, fazendo muitas macaquices, segurando a dama pela mão, pela cintura, pelas espáduas[17], nuns quase-abraços lascivos, parecendo muito entusiasmado. Toda a gente ria, inclusive o tenente-coronel, que achava uma graça imensa naquele desconhecido a dar-se ao desfrute com sua mulher, cujos encantos, no pensar dele, mais se mostravam naquelas circunstâncias.

– Ora já viram que tipo? Já viram que gaiatice[18]! É mesmo muito engraçado, pois não é? Mas quem será o diacho do homem? E esta de não tirar o chapéu? E parece ter medo de mostrar a cara... Isto é alguma troça do Manduca Alfaiate ou do Lulu Valente!

Ora, não é, pois não se está vendo que é o imediato[19] do vapor que chegou hoje! É um moço muito engraçado, apesar de português! Eu outro dia o vi fazer uma em Óbidos que foi de fazer rir as pedras! Agüente, D. Mariquinhas, o seu par é um decidido! Toque para diante, seu Rabequinha, não deixe parar a música no melhor da história!

No meio destas e outras exclamações semelhantes, o original cavalheiro saltava, fazia trejeitos sinistros, dava guinchos estúrdios[20], dançava desordenadamente, agarrado a D. Mariquinhas, que já começava a perder o fôlego e parara de rir. O Rabequinha friccionava com força o instrumento e sacudia nervosamente a cabeça; o Carapanã dobrava-se

amanhado[14]: arrumado, preparado
troça[15]: brincadeira
bandeiras despregadas[16]: às claras, abertamente
espáduas – ESPÁDUA[17]: ombro
gaiatice – GAIATO[18]: garoto ou rapaz travesso, vadio
imediato[19]: oficial que ocupa a segunda posição, no comando de um navio ou embarcação
estúrdios – ESTÚRDIO[20]: esquisito, estranho
estrídulos –

sobre o violão e calejava os dedos para tirar sons mais fortes, que dominassem a vozeria; o Penaforte, mal contendo o riso, perdera a embocadura e só conseguia tirar da flauta uns estrídulos[21] sons desafinados, que aumentavam o burlesco[22] do episódio; os três músicos, eletrizados pelos aplausos dos circunstantes e mais pela originalidade do caso, faziam um supremo esforço, enchendo o ar de uma confusão de notas agudas, roucas e estridentes, que dilaceravam os ouvidos, irritavam os nervos e aumentavam a excitação cerebral, de que eles mesmos e os convidados estavam possuídos.

As risadas e exclamações ruidosas dos convidados, o tropel[23] dos novos espectadores que chegavam em chusma[24] do interior da casa e da rua, acotovelando-se para ver por sobre a cabeça dos outros; e sonatas discordantes do violão, da rabeca e da flauta, e sobretudo os grunhidos sinistramente burlescos do sujeito de chapéu desabado, abafavam os gemidos surdos da esposa de Bento de Arruda, que começava a desfalecer de cansaço, e parecia já não experimentar prazer algum naquela dança desenfreada que alegrava a tanta gente. Farto de repetir pela sexta vez o motivo da quinta parte da quadrilha, o Rabequinha fez aos companheiros um sinal de convenção, e bruscamente a orquestra passou, sem transição, a tocar a dança da moda.

Um bravo geral aplaudiu a melodia cadenciada e monótona da *Varsoviana*, a cujos primeiros compassos correspondeu um viva prolongado. Os pares que ainda dançavam retiraram-se para melhor poder apreciar o engraçado cavalheiro de chapéu desabado, que, estreitando então a dama contra o côncavo peito, rompeu numa valsa vertiginosa, num verdadeiro turbilhão, a ponto de se não distinguirem quase os dois vultos que rodopiavam entrelaçados, espalhando toda a gente e derrubando tudo quanto encontravam. A moça não sentia mais o soalho sob os pés, milhares de luzes ofuscavam-lhe a

ESTRÍDULO[21]: som agudo, irritante
burlesco[22]: o que provoca riso pela extravagância ou pela grosseria
tropel[23]: grande número de pessoas movendo-se sem a menor ordem
chusma[24]: multidão de pessoas, com comportamento popular

vista, tudo rodava em torno dela; o seu rosto exprimia uma angústia suprema, em que alguns maliciosos sonharam ver um êxtase de amor.

No meio dessa estupenda valsa, o homem deixa cair o chapéu, e o tenente-coronel, que o seguia assustado para pedir que parasse, viu com horror que o tal sujeito tinha a cabeça furada. E, em vez de ser homem, era um boto[25], sim, um grande boto, ou o demônio por ele, mas um senhor boto que afetava, como por maior escárnio, uma vaga semelhança com o Lulu Valente. O monstro, arrastando a desgraçada dama pela porta afora, espavorido[26] com o sinal da cruz feito pelo Bento de Arruda, atravessou a rua sempre valsando ao som da *Varsoviana*, e, chegando à ribanceira do rio, atirou-se lá de cima com a moça imprudente, e com ela se atufou[27] nas águas.

Desde essa vez ninguém quis voltar aos bailes do Judeu.

boto[25]: espécie de golfinho, animal marinho de água doce, do Amazonas

espavorido[26]: aterrorizado, amedrontado

atufou – ATUFAR[27]: penetrar, adentrar-se na água

Escritor amazônico
Marcus Leite*

Cidade de Óbidos, próxima ao Rio Tavares Trombetas, um afluente da margem esquerda do Rio Amazonas

Faculdade de Direito do Recife, 1905

Certo dia, Inglês de Sousa, procurando em um sebo o seu romance *História de um pescador*, ouviu do velho alfarrabista a informação de que o livro era uma raridade bibliográfica. Este o informa que tinha sido escrito por um médico italiano de São Paulo, um tal Luiz Dolzani. O escritor paraense perguntou que fim levou esse Luiz Dolzani. O livreiro respondeu que ele havia morrido fazia muito tempo...

Como se sabe, Inglês de Sousa assinou todos os seus romances com o pseudônimo de Luiz Dolzani, que era o sobrenome de sua avó (Carlota Dolzani). Esse acontecimento é paradigmático do destino infeliz que se apossou da obra do intelectual paraense: não tendo quase nenhuma repercussão no seu tempo e hoje é ainda mais desconhecida — com exceção do romance *O missionário*. Quem é, então, Herculano Marcos Inglês de Sousa? O que ele produziu? Qual é sua importância para a Região Amazônica?

Inglês de Sousa nasceu na cidade de Óbidos, às margens do Amazonas, em 28 de dezembro de 1853. Fez sua formação básica em São Luís e no Rio de Janeiro e, em 1871, entrou na Faculdade

*Professor da Universidade da Amazônia, em Belém (PA). Mestre em Planejamento do Desenvolvimento no NAEA/UFPA. Graduado em Comunicação Social (UFPA). Publicou *Cenas da vida amazônica*, ensaio sobre a narrativa de Inglês de Sousa (Belém, Unama, 2002). Pesquisa a relação entre Literatura e História.

de Direito do Recife. Os anos de faculdade foram de intensa vivência intelectual, principalmente na leitura dos romancistas franceses (Balzac, Flaubert etc.) e nas idéias do jurista Rudolf von Ihering. Com a transferência do seu pai, Marcos Antonio Rodrigues de Sousa, para Santos, ele se transfere para a Faculdade de Direito de São Paulo, onde finaliza seu curso, em 1876. É em Santos que o escritor produz e publica suas obras. Será editor de vários jornais liberais, nos quais, através de folhetins, dá conhecimento ao público de sua produção literária. Exerce atividade política como deputado provincial, em São Paulo, e depois como presidente de duas Províncias (Sergipe e Espírito Santo). Em 1890, deixa a política para se dedicar à carreira de advogado. Dois anos depois, transfere-se para a cidade do Rio de Janeiro, onde ganha a notoriedade como jurisconsulto, lecionando na Faculdade Livre de Ciências Jurídicas e Sociais; e como literato, ao participar da fundação, como primeiro tesoureiro da Academia Brasileira de Letras. Exer-ce, também, a direção daquela Faculdade e a presidência do Instituto dos Advogados do Brasil em 1907. Falece no Rio de Janeiro em 6 de setembro de 1918.

Integrantes da "panelinha", grupo criado em 1901 por alguns escritores e artistas da época. Sentados, da esquerda para a direita: João Ribeiro, Machado de Assis, Lúcio de Memdonça, Silva Ramos. Em pé: Rodolfo Amoedo, Artur Azevedo, Inglês de Sousa, Olavo Bilac, José Verissimo, Sousa Bandeira, Filinto de Almeida, Guimarães Passos, Valemtim Magalhães, Rodolfo Bernardelli, Rodrigo Octavio e Heitor Peixoto

A produção intelectual de Inglês de Sousa pode ser dividida nas suas obras literárias e de Direito, principal-mente comercial. Ainda em Recife, ele escreveu *O cacaulista*, que seria publicado em folhetins no *Diário de Santos*, em 1876, junto com alguns contos, reunidos em 1893, em *Contos amazônicos* publicados no Rio de Janeiro. O romance *História de um pescador* saiu no mesmo ano daquele, só que na *Tribuna Liberal* de São Paulo. *O Coronel*

Frontíspicio do livro
O missionário, 1891

Frontíspicio da obra *História de um pescador*, 1876

Sangrado, mesmo tendo seu anúncio de publicação em 1877, só foi editado em 1882. A sua mais conhecida obra literária, *O missionário*, só ganhou notoriedade após a segunda edição com o prefácio do crítico Araripe Júnior, em 1899 (a primeira edição foi em Santos, em 1891). Seus trabalhos jurídicos que se destacam são *Títulos ao Portador no Direito Brasileiro* (1898) e o *Projeto do Código Comercial* (1912). Contudo, a síntese de seu pensamento jurídico pode ser encontrada na conferência à Colação de Grau dos alunos da Faculdade de Direito do Rio de Janeiro, em 1910. Nela, ele apresenta a necessidade de procurarmos um outro Direito, pois "o mundo não é mais romano". Ainda nessa conferência, defende o divórcio, porque "a família, liberta dos preconceitos da superioridade do homem [...] tende a reorganizar-se sobre os fundamentos do amor e do consentimento recíproco".

A importância da obra de Inglês de Sousa para a Amazônia está na sua capacidade de plasmar as relações sociais e históricas que se entretecem na forma literária. Em *História de um pescador*, por exemplo, podemos ver o primeiro esboço de luta de classe na ficção brasileira — de um tapuio contra um potentado local. Em *O cacaulista* e *O Coronel Sangrado* temos a radiografia da formação de compromisso que argamassa aquela sociedade local, através da rede clientelística que entrelaça as relações sociais. Esses temas também são encontrados em alguns de seus contos. Porém, nos contos, como *"Acauã"* e *"O gado do Valha-me-Deus"* somos tomados de surpresa pela presença da temática do realismo fantástico *avant la lettre* da sua constituição na literatura latino-americana.

A riqueza da obra de Inglês de Sousa ainda está por ser descoberta. Arregacemos as mangas e, sem medo, adentremos nessa selva-texto exuberante.